소란한
보통날

流しのしたの骨
소란한 보통날 (원제: 싱크대 아래 뼈)
Copyright © 1996 by Kaori EKUNI
First published in Japan in 1996 under the title "NAGASHI NO SITA NO HONE"
by Magazine House Co., Ltd.
Translation Copyright © 2011 by Sodam&Taeil Publishing Co., Ltd
Korean translation rights arranged with Kaori EKUNI
through Japan Foreign-Rights Centre/Imprima Korea Agency

이 책의 한국어판 저작권은 Japan Foreign-Rights Centre/Imprima Korea Agency를 통해
Kaori EKUNI와의 독점계약으로 (주)태일소담에 있습니다.
저작권법에 의해 한국 내에서 보호를 받는 저작물이므로 무단전재와 무단복제를 금합니다.

소란한 보통날

펴낸날 | 2011년 4월 20일 초판 1쇄
　　　　2012년 11월 30일 초판 3쇄

지은이 | 에쿠니 가오리
옮긴이 | 김난주
펴낸이 | 이태권
펴낸곳 | (주)태일소담
　　　　서울시 성북구 성북동 178-2 (우)136-020
　　　　전화 | 745-8566~7　팩스 | 747-3238
　　　　e-mail | sodam@dreamsodam.co.kr
　　　　등록번호 | 제2-42호(1979년 11월 14일)
　　　　홈페이지 | www.dreamsodam.co.kr

ISBN 978-89-7381-648-4 03830

● 책값은 뒤표지에 있습니다.
● 잘못된 책은 구입하신 곳에서 교환해드립니다.

소란한 보통날

에쿠니 가오리 지음
김난주 옮김

소담출판사

우리 엄마는 아침에 아빠를 배웅하고 나면 화장을 하고, 저녁 때가 되면 화장을 지우고, 돌아오는 아빠를 맞는다. 옛날부터 죽 그렇다. 아빠가 역에 도착하면 꼭 집으로 전화를 걸기 때문에, 엄마는 언제 화장을 지우면 좋을지 고민할 필요가 없다. 화장을 지운 후 엄마는 늘 차가운 물로 세수를 하고 화장수를 바른다. 그래서 아빠를 맞을 때의 엄마 얼굴은 늘 발갛고 청결하고 반짝반짝 빛난다.

　나는 그런 엄마가 참 묘하다고 생각했는데, 두 언니와 어린 남동생 눈에는 대수롭지 않게 보였나 보다. 그런 모습이 익숙해진 것이다. 엄마는 그런 사람인걸 뭐. 언제였나, 시마코 언니가 그렇게 말했다.

　우리가 아직 어렸을 때, 엄마는 우리를 종종 동물원에 데리고 갔다. 아빠를 배웅하고서 갑자기 가자고 하는 일도 심심치 않았다. 그런 때면 우리는 학교에도 가지 않았다. 엄마는 동물원을 사랑했다.

 동물원에 가는 계절은 언제나 겨울이었다. 그것도 구름이 잔뜩 낀 추운 날, 때로는 비까지 부슬부슬 내리는 날도 있었다. 엄마는 목에 밝은 오렌지색 스카프를 두르고, 검은 스웨이드 반코트를 입었다. 동물원은 한산했고, 동물들은 침울하고 우둔해 보였다.

 동물원에서 엄마가 가장 좋아하는 동물은 뭐니 뭐니 해도 얼룩말이었다. 엄마는 얼룩말을 오래도록 바라보았다. 그다음으로 좋아하는 동물은 플라밍고였다. 분홍색이고 예쁘잖아, 가 그 이유였다. 엄마는 그 동물들 앞에 섰다 하면 몇 십 분 동안이나 돌처럼 꼼짝하지 않았다.

 그동안 우리는 조금 떨어진 곳에서, 외발뛰기 놀이나 술래잡기를 하면서 기다렸다. 조그만 나무 막대기를 주워 동물 우리에 대고 죽 그으면서 걸어 다니기도 했다.

 우리 형제는 각각 좋아하는 동물이 있었다. 소요 언니는 늑대, 시마코 언니는 다람쥐, 나는 곰 그리고 리쓰는 고슴도치였다.

 동물원에서 나오면 근처에 있는 빵집에서 우유를 사 마셨다. 나와 두 언니는 한 병을 셋이 나눠 마셨다. 셋 다 우유를 그리 좋아하지 않았다. 날씨는 춥고, 병에 입을 대고 마시는 것도 내키지 않았다. 우유병을 회수해서 몇 번이나 재활용한다는 것을 알고 있었다. 엄마와 리쓰는 한 병씩 마셨다. 우유를 다 마시고 난 리쓰의 코가 늘 빨갰다.

　후카마치 나오토와는 최근에 알게 되었다. 고등학교 시절 친구가 소개해주었다. 말이 고등학교 친구지 학교에 다닐 때는 얘기도 거의 나누지 않았는데, 집이 가까워 졸업한 후에 오히려 친해졌다. 한동네에 있는 세탁소 집 딸이고, 유명한 여자 전문대에 다니고 있다. 다리가 늘씬하고 짧은 갈색 단발머리를 한 귀여운 여자다.
　지난주 금요일, 시모기타자와에 있는 이탈리안 레스토랑에서 그녀와 그녀의 남자 친구와 후카마치 나오토와 함께 밥을 먹었다.
　"더블데이트라는 거, 한번 해보고 싶었어."
　세탁소 집 딸은 그렇게 말했다.
　스파게티와 고기찜을 먹으면서 나만 빼고 모두 와인을 마셨다. 열아홉 살이니까, 하고서. 아무리 말도 안 되는 법이라도, 법은 지켜야 한다. 우리 형제는 아빠에게 그렇게 배우며 컸다.
　같은 대학에 다니는 두 남자는 그런대로 다 느낌이 좋았다. 생긴 것도 그리 나쁘지 않았다. 친구 삼기에는 더할 나위 없다고 생각했다. 내 친구와 그녀의 남자 친구는 아까부터 내내 테이블 밑에서 손을 꼭 잡고 있다.

"그럼 지금은 아무것도 안 하는 거네. 우아하군."

친구의 남자 친구는 그렇게 말하고 웃었다. 작년 봄에 고등학교를 졸업한 후로 그런 말을 하도 들어서 이젠 익숙하다. 네, 라고 대답하고서 나도 방긋 웃어 보인다. 물이 담긴 유리 주전자 너머로.

"집에서 아르바이트라도 하라고 안 그래?"

한 손으로 재주 좋게 포크를 놀리면서 친구의 남자 친구가 거푸 물었다. 나는 고개를 저었다.

"아무도 그런 말 안 해. 스무 살이 될 때까지는 그들에게 부양의 의무가 있으니까."

남자들이 슬쩍 이상하다는 표정을 지었다. 남자들은 의무니 권리니 하는 단어를 사용하는 여자를 탐탁해하지 않는다.

"고토코네 가족은 사이가 좋아서 그래."

잠시 껄끄러워진 분위기를 무마하려는 듯 세탁소 집 딸이 끼어들었다.

"가족 행사도 많고, 그럴 때마다 가족이 다 모이는걸."

"그래, 맞아."

내가 고개를 끄덕이자, 후카마치 나오토가 흥미롭다는 표정을 보였다.

"가족 행사?"

"설날 때나, 봄에 꽃구경 갈 때도 그렇고, 가족들 생일에도."

"와, 요즘 세상에."

나오토가 빵을 뜯으면서 말했다.

"가족이 몇 명인데?"

후카마치 나오토는 그에게 잘 어울리는 상큼한 체크무늬 셔츠를 입고 있었다. 괜히 까맣게 태우지 않은 것도 청결한 느낌이 들어 좋았다.

"여섯 명."

나도 빵을 뜯으면서 대답했다.

"하지만 생일 축하는 다섯 번 해. 작은언니와 남동생은 한꺼번에 하니까. 둘 다 10월생이거든."

"그렇구나."

나는 후카마치 나오토가 마음에 들었다.

디저트로 케이크를 세 쪽이나 먹었다. 단 음식을 좋아하는 것이다. 이런 짓을 하면 시마코 언니는 늘 화를 낸다. 돼지, 라고 한다. 하지만 사실은 먹어도 살이 찌지 않는 내 체질에 샘을 내는 것이다. 소요 언니는 약간 통통한 편인데, 시마코 언니는 깡말랐다. 그런데도 살이 찔까 봐 전전긍긍한다.

후카마치 나오토가 집까지 바래다주었다. 세탁소 집 딸과 그녀의 남자 친구는 조금 더 마시고 싶다면서 어디론가 가버렸다.

"네 친구, 왼손잡이니?"

둘만 남았을 때, 나는 줄곧 궁금했던 것을 물어보았다. 후카마치 나오토는 무슨 소린지 모르겠다는 표정이었다.

"왜 그 두 사람 내내 손잡고 있었잖아. 그래서 원래 왼손잡이인지, 아니면 그녀와 손잡고 있기 위해서 왼손을 쓴 것인지 궁금해서……."

"아아."

후카마치 나오토는 이제야 알겠다는 듯이 중얼거렸다.

"왼손잡이 맞아."

나는 감탄스러웠다. 남자 친구가 왼손잡이면 굉장히 편리하겠다 싶었다. 그런 감상을 말하자, 후카마치 나오토는 웃었다.

흐음.

남동생은 회색으로 고루 칠한 조그만 나체 인형에 하양에 가까운 살색 도료를 꼼꼼하게 칠하면서 나지막이 물었다.

"그 사람은 왼손잡이 아니야?"

"응."

"안됐네."

동생은 고개도 들지 않은 채 말했다. 나는 인형에게 입힐 미니어처 속옷을 손가락으로 집었다. 새하얀 속옷 끝에는 레이스가 달려 있다.

"이 인형, 되게 글래머다."

우리의 어린 동생 리쓰는 올해 열다섯 살이 된다. 그러니 이미 어리지 않지만, 그래도 나는 리쓰를 어린 동생이라 말하게 된다. 동생, 과 어린, 은 리쓰와 늘 붙어 있다. 비스킷 사이에 버터크림과 건포도가 들어 있는 오가와켄의 레이즌위치처럼.

어린 리쓰는 말이 없는 아이로 알려져 있다. 집에서도 말이 별로 없지만, 학교에서는 거의 입도 벙긋하지 않는다고 한다. 문제아는 아니지만 좀 별난 아이 취급을 받는 듯하다.

우리 가족으로서는 믿기지 않는 일이다. 리쓰는 우리 가족 사이에서 가장 균형감 있고 올바르고 그래서 모두가 신뢰하는 존재이기 때문이다.

다만 어렸을 때는 좀 별났다. 그 사실을 가족 중에서 가장 잘 알고 있는 사람은 나라고 생각한다. 우리는 같이 초등학교를 다녔고, 초등학교를 졸업한 후에도 리쓰를 피아노 학원에 데리고 가는 역할은 내 몫이었기 때문이다. 리쓰는 피아노를 잘 쳤다. 모차르트를 좋아해서, 2학년 때 발표회에서 터키 행진곡을 훌륭하게 쳐냈다.

리쓰는 수요일 저녁때마다 전철을 타고 한 정거장 거리에 있는 피아노 학원에 다녔다. 겨울에는 벌써 사방이 캄캄한 시각, 문을 열면 형광등이 희멀겋게 빛나고 있었다. 여직원들이 마시던 인스턴트커피의 밍밍한 냄새.

"아참, 깜박했네."

나는 회색 플란넬 셔츠의 가슴 주머니에서 조그만 개구리 장난감을 꺼내 리쓰의 책상에 올려놓았다.

"줄게, 이거."

어젯밤, 시부야 네거리 옆 가판대에서 막과자와 함께 팔고 있기에 샀다. 리쓰 마음에 꼭 들 것이라 생각한 것이다.

"이게 뭔데?"

플라스틱 재질의 개구리는 선명한 황록색이었다. 발은 노랗고 평평하다. 턱 언저리에 조그만 빨판이 붙어 있는데, 위에서 꾹 누르니 그 빨판이 다리에 붙었다가 손을 떼자 떨어지면서 개구리가 뒤로 폴짝 뛰었다.

"엇."

아니나 다를까 리쓰의 눈이 반짝거렸다. 집게손가락으로 개구리 머리를 꾹 눌렀다가 떼자 또 폴짝. 그렇게 몇 번을 폴짝거리자, 개구리 몸 하나 거리만큼 뒤로 물러나 있었다. 너무 탄력 있게 튀기 때문에 제자리에 착지하지 못하는 것이다.

"이상한 녀석이네."

리쓰는 재미나다는 듯이 그렇게 말하고 개구리를 집어 서랍에 넣었다. 합격이다. 개구리가 동생 마음에 든 것이다.

"나중에 보자."

문 쪽으로 걸어가는데, 아래층에서 전화벨 소리가 울렸다. 아버지다. 이제 엄마가 올라올 것이다. 화장을 지우고 세수를 하고, 화장수를 반들반들 바르기 위해서.

"금방 밥 먹을 시간이네."

나는 문을 열었다.

"누나."

"왜?"

대답하면서 뒤돌아보자, 동생도 돌아서서 말했다.

"누나도 연습해봐. 진지하게 연습하면, 포크 정도는 왼손으로도 쓸 수 있을 거야."

"……정말 될까?"

어린 동생은 힘차게 고개를 끄덕였다.

내 방에 돌아왔다. 노크 소리가 나고 엄마가 들어왔다. 엄마는 늘 노크를 하면서 문을 열기 때문에, 노크는 그다지 의미가 없다.

"잎사귀 좀 주워 올래?"

엄마는 벌써 반들반들해진 얼굴로 말했다.

"단풍잎 네 장 하고, 다른 잎사귀도 최대한 많이."

엄마는 일주일에 한 번 꼴로 그런 것들로 식탁을 꾸민다. 잎사귀나 나뭇가지, 또는 솔방울이나 자잘한 돌 그리고 달빛과 조개껍데기. 엄마는 시인이다.

"크기도 잘 생각해서 주워 와. 단풍잎은 작다 싶게, 나머지는 다양하게 섞어서."

엄마는 세세한 주문을 단다.

"그리고 나뭇가지에 달린 거 억지로 따면 안 돼."

잎사귀 정도야 아무 문제없다. 하지만 엄마는 때로 아주 난감한 주문을 한다. 초록색 밤톨 여섯 개, 억새 열 줄기, 이렇게. 물론 지금은 안 될 것 같으면 안 된다고 말하지만, 어린 시절에는 우리 형제 모두 고생이 이만저만이 아니었다. 이리저리 헤매 돌아다니다 결국은 찾지 못해 빈손으로 돌아오면, 엄마는 언제나 기다리다 지친 기색이었다. 어쩌면 그렇게들 못 찾니. 그렇게 말하고 이번에는 엄마 자신이 찾아 나섰다. 그리고 신기하게도 어디선가 그런 것들을 찾아 오곤 했다.

검은 점퍼를 걸치고 근처에 있는 공원으로 갔다. 잎사귀가 참 많았다. 축축한 흙냄새. 갈색과 황갈색 잎사귀들이 가로등 불빛 아래 촉촉하게 빛났다. 아빠의 커다란 샌들을 신은 발로 낙엽을 밟으며 걸었다.

 단풍잎 네 장과 잡다한 낙엽들. 예쁜 것만 줍자니 시간이 꽤 걸렸다. 떨어져 있는 잎사귀 대부분은 밤공기에 젖어 눅눅했다. 몸을 구부리고 한 장 한 장 고른다. 간혹 뒤에서 휙 하는 소리가 났다. 라이트를 켠 자전거가 옆으로 지나가는 소리였다. 자전거가 지나가고 나자 사방은 다시 고요해졌다. 고개를 들어 보니, 달밤이었다.

 집으로 돌아왔을 때 아빠는 벌써 목욕을 한 후였고, 엄마는 기다리다 지친 표정이었다.

 잎사귀가 든 주머니를 엄마에게 내민다.

 "아빠, 오셨어요."

 나는 맥주를 마시고 있는 아빠에게 말을 건넸다. 아빠는 음, 하고 대답했다.

 "어디까지 갔다 온 거니?"

 엄마가 잎사귀 한 장 한 장을 들춰 보면서 물었다. 밖에서 들어오면 거실이 무척 밝게 느껴진다.

 "공원."

 고개를 숙이자 감색 양말에 붙은 마른 낙엽이 보였다.

 "굳이 공원까지 안 가도 주변에 많잖아."

 "그건 그렇지만."

그렇게 말하면서 양말에 붙은 마른 잎을 쥐어뜯 듯이 떼어 냈다.

"됐으니까 손이나 씻고 와. 그리고 리쓰도 부르고."

나는 부당한 대우를 받은 기분이었지만, 어쩔 수 없이 세면실로 향했다.

"그래도 좋은 걸로 잘 주워 왔구나."

엄마는 기쁜 듯이 말했다.

식탁 한가운데에 낙엽이 소복하게 깔려 있었다. 그 위에 놓인 커다란 접시에는 오븐에서 갓 구워낸 가지와 감자와 호박이 담겨 있다. 각자 그것들에 소금을 뿌리고 버터를 발라 먹는 것이다. 단풍잎은 꽁치구이를 장식하고 있었다. 그리고 버섯밥과 무 된장국.

"자, 가을의 별미."

엄마가 말했다.

"자연의 정취가 물씬 풍기는데."

리쓰만 겨우 미소를 띠고 엄마의 말에 반응했다.

사실 나는 자연의 정취가 물씬 풍기는 식탁을 그리 좋아하지 않는다. 어수선하기 때문이다. 아빠도 아마 같은 생각이리라. 기름이 배어 꽁치에 쩍 들러붙어 있는 검붉은색 단풍잎을 젓가락으로 집어 한쪽으로 밀어놓는 손길을 보면 알 수 있다.

우리는 소리 없이 밥을 먹었다. 넷이서 먹을 때는 늘 그렇다. 소요 언니가 작년에 결혼한 후로, 우리 집에는 거의 늘 네 명밖에 없다.

엄마는 보람이 없다 여기리라. 통째로 구운 감자와 잎사귀를 사용한 연출에 가장 호의적인 반응을 보였던 가족이 소요 언니였을 테니까.

물론 소요 언니는 얌전한 사람이어서 환성을 지르지는 않는다. 하지만 지금 이 자리에 있다면 숨을 훅 들이쉬었으리라. 어머나, 하면서 식탁 위를 응시했으리라.

나는 냉장고를 보았다. 냉장고 문에는 조그만 액자형 자석이 붙어 있고, 그 조그만 크림색 액자에는 소요 언니의 사진이 들어 있다. 고개를 옆으로 살짝 기울이고 살며시 미소 짓는 얼굴. 참 묘한 느낌이다. 냉장고 문에 웃고 있는 언니가 붙어 있다니.

"고토코."

아빠가 고개를 들고 말했다.

"아까부터 궁금했는데, 왜 그러고 있는 거냐?"

무테안경 너머 아빠의 온화한 눈길이 조심스레 내 쪽을 향하고 있었다.

"매단 거야."

나는 그렇게 설명했다.

"밥 먹을 때 오른손 안 쓰려고, 스카프로 매달았어."

"……."

아빠는 내 오른팔을 물끄러미 쳐다보았다. 엄마도 젓가락질을 하다 말았다. 동생만 차분하게 밥을 계속 먹으면서 말했다.

"생선 살 발라줄게."

"고마워."

나는 왼손으로 국그릇을 들고서 무 된장국을 후루룩 마셨다.

"……왜 오른손을 쓰면 안 되는 거냐?"

스카프는 시마코 언니 방에서 가져온 것이다. 셀린느인지 페라가모인지 모르겠지만, 아주 화려하다.

"편리하잖아. 양손을 다 쓸 수 있으면."

"……."

아빠는 아무 말이 없다가 "그렇구나." 하고는 다시 밥을 먹기 시작했다.

"괜찮아, 고토코. 엄마는 재미있을 것 같은데, 왼손으로만 밥 먹는 거."

엄마가 그렇게 말했다. 그 후로는 아무도 뭐라 하지 않았다.

다음 날 아침, 오랜만에 시마코 언니를 만났다. 까맣게 잊고 있었는데, 토요일이었던 것이다. 점심때가 다가오는데도 침대에 누워 책을 읽고 있었더니, 갑자기 문이 확 열리면서 우글쭈글한 잠옷 차림의 시마코 언니가 들어왔다. 불가리 오파르퓌메의 향.

"고토코, 오랜만이네."

언니가 침대로 기어 올라와, 내 얼굴과 머리에 키스 세례를 퍼붓는다.

"잘 지냈어, 언니?"

키스가 끝나기를 기다렸다가 나는 말했다.

"일주일 동안 수고했어."

시마코 언니는 우리 집에서 유일하게 일하는 여자다. 전문대학을 졸업한 후에 소규모 세무사 사무실에 사무원으로 취직하더니, 겉보기와는 다르게 지각이나 결근 한 번 없이 4년을 다니고 있다.

"그제가 무슨 날이었을까요?"

활짝 열린 문 앞에 놓여 있는 쇼핑백을 보면, 무슨 날인지 금방 알 수 있다.

"벌써 20일이야? 한 달이 정말 빨리 가네."

나는 읽고 있던 책을 덮는다. 20일은 시마코 언니의 월급날이다. 쇼핑백의 크기를 보고서 나도 모르게 긴장한다.

"자, 선물."

환하게 웃으면서 시마코 언니가 말했다.

월급날이면 시마코 언니는 모두에게 선물을 사 온다. 다달이, 언제나. 잊고 있어도 꼭 돌아오는 점은 마치 생리 같다. 월급을 그리 많이 받는 것은 아니니까 대개는 슬리퍼나 초콜릿, 머리핀처럼 조촐한 것이지만, 간혹 과분하다 싶을 때도 있다. 옷이나 가방, 구두를 사 오는 것이다.

시마코 언니는 손이 크다. 남에게 무엇이든 해주는 것을 좋아한다. 남자에게도 지극정성을 다한다(그래서 연애를 할 때면 시마코 언니는 몸이 마른다). 가끔 삐치기는 하지만 일도 잘하고 마음씨도 곱다. 단 한 가지 결점이 있다면, 아무튼 좀 묘하다는 것이다.

묘하다.

시마코 언니를 한마디로 표현하기에 이보다 더 적절한 말은 없다. 멋을 부려도 어딘가 모르게 이상하고, 뭐가 어떻다고 꼬집어 말할 수 없지만 아무튼 조화롭지 못하다. 그래서 시마코 언니가 분발해서 선물을 사 오면 오히려 좀 겁이 난다.

나는 포장을 풀면서 지금까지 받은 갖가지 선물을 생각했다. 파스텔 핑크색 자잘한 꽃무늬 스카프, 초록색 실크 팬티, 발레리나의 슈즈처럼 생긴 실내화.

나만 그런 게 아니다. 아빠와 엄마 그리고 소요 언니나 어린 리쓰까지도 시마코 언니의 선물에 당혹스러워한다. 그런데도 솔직히 말하지 못하는 까닭은 역시 그 일과 관계가 있을 것이라고 생각한다.

시마코 언니는 지금까지 두 번 자살을 시도했다. 고등학생 때는 약을 먹었고, 전문대학에 다닐 때는 면도칼을 사용했다. 첫 번째 때는 상당히 위험했던 것 같다. 당시 나와 리쓰는 거기까지는 몰랐지만.

죽음.

시마코 언니는 무슨 심정으로 알지도 못하는 장소에 혼자 가려 했던 것일까.

"마음에 들어?"

내 얼굴을 들여다보면서 시마코 언니가 걱정스럽게 물었다.

"너 발 사이즈, 220 맞지?"

참 묘하게 생긴 부츠였다. 길이는 짱뚱하고 바깥에는 하얀색과 검은색 앙고라 털이 붙어 있다.

"……따뜻하겠다."

그게 내가 할 수 있는 가장 긍정적인 표현이었다.

"귀엽지, 그치?"

그렇게 말하고 시마코 언니는 눈으로만 환하게 웃었다.

"고마워, 언니."

나는 침대에서 윗몸만 일으킨 자세를 한 채 두 팔로 시마코 언니의 목을 껴안았다. 하얗고 까만, 참 묘한 부츠, 시마코 언니의 이번 달 월급. 우후후 웃으면서 언니가 침대에서 내려갔다.

"고맙기는."

열린 창문으로 청명한 햇살과 공기가 흘러들었다. 바닥에는 선물을 포장했던 포장지와 리본이 널려 있다.

일요일, 나는 후카마치 나오토를 다시 만났다. 후카마치 나오토는 목이 쭉 올라온 부드러운 면소재의 크림색 트레이너를 입고 있었다.

"우리 집 냉장고랑 똑같은 색이네."

그렇게 말하자 후카마치 나오토는 웃었다. 키가 커서, 같이 걸어가자니 정말 냉장고랑 나란히 걷는 기분이었다.

플라네타륨에서 별을 보았다. 기대면 뒤로 젖혀지는 의자가 재미났다. 뒤로 벌렁 자빠진 자세로 입을 벌린 채 자는 사람도 있었다.

"기분 좋겠다."

내가 말하자, 후카마치 나오토는 슬쩍 웃었다.

플라네타륨에서 나와 같은 빌딩에 있는 서점을 10분 정도 둘러보고, 1층 찻집에 갔다. 유리창 너머로 역 앞 네거리와 많은 버스들이 보였다.

"책 말고는 뭘 좋아하는데?"

거품이 인 밀크커피에 각설탕 하나를 떨어뜨리면서 후카마치 나오토가 물었다. 나는 무릎에 놓인 종이 꾸러미로 눈길을 떨어뜨렸다. 문고본 두 권에 단행본 한 권이 들어 있는 갈색 종이 꾸러미.

"밤."

나는 생각나는 대로 대답했다.

"왜?"

후카마치 나오토가 상냥한 목소리로 물었다.

"잘 수 있으니까."

그렇게 대답했더니, 후카마치 나오토는 흥미롭다는 듯 웃었다.

"참 잘 웃는다."

나는 후카마치 나오토의 목—길게 올라온 옷깃 사이로 언뜻언뜻 보이는 목울대 언저리—을 쳐다보면서 말했다. 보기 좋은 목울대라고 생각했다.

어렸을 때, 우리에게는 각자 무서워하는 것이 있었다. 소요 언니는 나이 많은 사람, 시마코 언니는 커다란 목소리, 나는 뾰족한 것을 무서워했다. 어렸을 때에 비하면 지금은 그것들과 원만하게 지내는 기술을 터득했다 할 수 있지만, 그래도 여전히 꺼림칙하다. 나는 미용실에서 머리 자르는 것을 싫어하고—얼굴 주위에서 오락가락하는 가위와 그 가위가 내는 으스스한 소리—, 시마코 언니는 길을 가다가도 술에 취한 사람이 버럭 소리를 지르면 당장에 오그라든다. 한번 몸에 밴 감각이 완전히 사라지는 일은 아마 없으리라.

가여운 리쓰. 리쓰는 목울대를 무서워했다. 리쓰는 목울대 때문에 어른 남자에게 절대 다가가지 않는 아이였다. 자기 아빠에게도. 리쓰는 그것을 '돌기'라 부르며 무서워했다. 정체를 알 수 없고 위험한 돌기. 지금 리쓰는 자신의 몸에 그것을 지니고 있다.

"이제 뭐할까?"

후카마치 나오토가 물었다. 한 손으로 턱을 괴고 있다. 창 너머로는 햇살, 유리 재떨이와 책처럼 생긴 성냥갑.

"조금 걷자."

나는 말했다.

"조금 걷다가 다리 아프면 집에 가자."

비 오는 날은 쓸쓸하다.

왜인지는 모른다. 아니, 나는 그것이 진짜 쓸쓸함인지조차 잘 모른다.

처음 시작은 막 초등학교에 들어갔을 때였다. 수업 중이었다. 내 자리에서 비 내리는 창밖을 바라보는데, 갑자기 갈피를 잡을 수 없는 기분이 들었다. 심장이 뚝 떨어져나간 듯한 느낌, 아랫도리가 텅 빈 것처럼 허전하고, 한없이 허무한 느낌. 그때 내가 할 수 있는 유일한 표현은 '싸했다'였다.

비 오는 날이면 찾아오는 그 망막하고 미묘한 감각은 마음의 움직임이라기보다 신체적인 무엇—두 허벅지에 힘을 꽉 주지 않을 수 없는—이어서 나는 더욱 불안했다. 그 증상은 몇 년이나 계속되었다.

싸했어.

어느 날, 아무에게도 말하지 않았던 그 날의 느낌을 털어놓았을 때, 엄마는 내 얘기가 끝나기를 기다렸다가 "그래, 쓸쓸한 거야." 하고 말했다. 단호하게.

신체적인 감각인 그 싸함은 초등학교를 졸업할 무렵부터 점차 횟수가 줄어들더니 나도 모르게 거의 사라지고 말았다.

다만 '싸함'에 부수되는, 갈피를 잡을 수 없는 기분과 허전함은 기억에 또렷하게 남아, 비가 올 때면 마음이 착 가라앉는다. 그리고 나는 그런 느낌을 일단 '쓸쓸하다'라고 부르기로 했다.

"준비 다 됐어?"

비를 보고 있는데 시마코 언니가 방에 들어와 물었다.

"응."

몸을 틀고 대답하자, 시마코 언니가 내게로 다가와 좀 이상하다는 듯이 물었다.

"뭐하는 건데?"

시마코 언니의 몸에서 나는 은은한 향수 냄새가 저녁나절의 비 냄새에 섞였다.

"전철 탄 어린애 같다."

시마코 언니가 그렇게 말하며 침대에 걸터앉았다. 나는 침대에 무릎을 꿇고 엉덩이를 뒤로 삐죽 내민 자세로 창밖을 보고 있었다. 두 팔을 창틀에 대고.

"소리 참 좋지?"

나는 언니의 물음에는 대답하지 않고, 마치 비가 내 것이라도 되는 양 자랑했다. 보슬보슬한 비가 소리 없이 내리는데도 잎사귀와 흙과 공기가 비를 맞는 토독토독 희미한 소리가 기분 좋게 귀를 적셨다.

"너희들, 아직 멀었니?"

노크 소리와 함께 엄마가 얼굴을 들이밀고 물었다. 갓 씻은 얼굴에 외출복을 입은 엄마.

"그리고 불은 왜 안 켜고 있는 거야?"

"안 돼, 잠깐만."

나와 시마코 언니가 동시에 외쳤다. 뜻밖에 큰 목소리였다. 엄마가 움찔 놀라며 손을 끌어당겼다. 벽에 있는 스위치로 뻗었던 손을.

"얘들은, 깜짝 놀라게."

"이렇게 있으니까 여기도 창밖 같잖아."

방 안 가득한 비의 기척, 불을 켜면 이내 사라지고 만다.

"······고요하구나."

그 기척을 확인하듯이, 엄마가 조심스레 말했다.

"그치."

시마코 언니가 말했다. 우리는 어두컴컴한 방에서 한참이나 빗소리에 귀 기울였다. 창문으로 싸늘한 바람이 흘러들었다.

천장에 매달린 양 모양의 종이 모빌이 바람에 빙글빙글 돌았다.

시간이 한참 흘렀다고 생각한다. 똑똑똑, 규칙적인 노크 소리가 난 후에 리쓰가 문을 열었다.

"아빠 기다리다 목 빠지겠어."

차분한 목소리였다.

"그래, 미안하다."

엄마가 그렇게 말하자, 시마코 언니도 침대에서 일어나 치마에 잡힌 주름을 폈다. 나도 창문을 닫고 커튼을 치고서 모두를 따라 복도로 나갔다.

계단을 내려가 보니 아빠는 벌써 코트 차림에 모자를 쓰고 구두까지 신은 모습으로 현관에 서 있었다. 대문 밖에는 택시가 기다리고 있었다. 우리는 앞다투어 신발을 신고 줄줄이 밖으로 나갔다. 11월의 비가 다섯 개의 우산을 적셨다. 문을 잠그는 것은 어린 리쓰의 역할이다. 열쇠를 윗도리 주머니에 소중하게 간직하고서 돌아올 때까지 잃어버리지 않는 것도.

역까지 택시를 타고 갔다. 뒷좌석은 조금 답답하다. 비 오는 날 택시를 타면 왜 그런지 우리는 아무도 말을 하지 않는다. 모두가 꼼짝 않고 앞을 향한 채, 움직이는 와이퍼 소리를 듣는다. 빗물에 번진 신호등의 빨간색. 우리는 전철을 세 번이나 갈아타고 그 조그만 레스토랑에 도착했다. 소박한 독일 음식을 먹을 수 있는 음식점. 엄마는 이 레스토랑의 쿠키를 무척이나 좋아한다.

"큰따님은 벌써 와 계십니다."

웨이터가 코트를 하나하나 받아들면서 말하고는, 우리를 안쪽으로 안내했다.

11월 4일. 오늘은 엄마의 마흔아홉 번째 생일이다. 식구들 생일이면 언제나 엄마가 생일 맞은 사람이 좋아하는 음식을 만들지만 1년에 딱 한 번, 엄마 생일에는 항상 외식을 한다. 안쪽 자리에는 감색 원피스(아마 마거릿 하월일 것이다)를 단정하게 차려입은 소요 언니가 무릎에 핸드백을 올려놓고 앉아 있었다. 구두는 클래식한 라인의 검은색 앵글 부츠. 반짝반짝 빛나게 닦여 있다.

"잘 지냈어?"

시마코 언니가 반가운 얼굴로 말하자, 소요 언니는 의자를 살짝 뒤로 밀고 앉은 채로 시마코 언니의 포옹을 받았다. 그리고 아빠 쪽을 보고는 생긋 웃으며 말했다.

"오랜만이네, 아빠."

아빠는 우물우물 불투명하게 "그래." 하고 입속으로 말하고, 우리는 각자 자리에 앉았다. 나는 가방에서 스카프를 꺼내 오른손을 단단히 묶어달라고 했다.

리쓰와 나는 오렌지 주스, 다른 식구들은 맥주로 건배를 했다.

"생일 축하해요."

우리는 입을 모아 엄마의 생일을 축하하고, 콩 수프와 송아지 고기와 소시지와 양배추와 맛있는 빵을 먹었다.

그 후에 약간 파격적인 일이 있었다. 아빠가 엄마에게 준 선물.

식사를 끝내고 커피를 마시고, 조그맣고 바삭한 쿠키를 먹으면서 우리는 엄마에게 선물을 건넸다. 따뜻하고 푸근한 레스토랑의 테이블에서. 엄마는 환한 미소로 선물을 받아들고, 하나하나 포장을 풀었다. 소요 언니(와 쓰게 형부)는 에칭 기법으로 그린 고양이가 담긴 액자, 시마코 언니는 브로치, 나와 리쓰 둘은 릴케의 시집과 코냑―엄마가 가장 좋아하는 것―을 선물했다.

"축하해."

마지막으로 아빠가 포장도 하지 않은 상자를 주섬주섬 내밀었다. 가늘고 빨간 리본으로 묶은 하얀 상자. 뚜껑에 구멍이 송송 뚫려 있어서 살아 있는 뭔가가 들었다는 걸 알았다.

우리는 숨을 삼켰다. 엄마는 뚜껑을 열어보지 않아도 뭐가 들었는 걸 알겠는지 감격한 표정으로 아빠에게 감사의 눈길을 보냈다. 그리고 상자의 표면을 쓰다듬으면서 물었다.

"갈색과 하얀색 점박이예요?"

기대에 찬 목소리였다. 아빠는 말없이 고개만 끄덕였다.

"소박하고 겸허하고, 꼬리는 있는지 없는지 모를 만큼 작고 귀엽나요?"

질문이라기보다 확인 같았다. 엄마는 눈을 반짝이며 아빠에게 잇달아 확인했다. 코는 분홍색인가요? 등을 쓰다듬으면 벨벳처럼 느낌이 부드럽나요? 손바닥에 올려놓으면 네 다리는 조그맣고, 발바닥은 파충류처럼 차갑나요?

흥분한 나머지 엄마의 얼굴은 발갛게 달아올랐다. 그럴 때, 화장하지 않은 엄마 얼굴은 어린애 같다. 아빠는 엄마의 질문에 꼬박꼬박 고개를 끄덕였지만, 왠지 난감한 표정이었다.

"윌리엄이군요."

엄마는 드디어 결론을 내리듯 그렇게 말하고서 리본을 풀고 상자 뚜껑을 열었다. 상자 안에는 엄마 말과 똑같은 햄스터 한 마리가 목에 리본을 묶은 모습으로 들어 있었다. 그 햄스터가 왜 윌리엄인지는 알 수 없었지만, 부드러운 몸과 또랑또랑한 눈, 소박하고 겸허하고 있는지 없는지 모를 만큼 작고 귀여운 꼬리를 보는 순간, 우리는 생각했다. 아, 그래 윌리엄이야 하고.

이렇게 엄마는 윌리엄을 얻었다. 나중에 들어보니, 엄마는 무려 아홉 달 전부터 아빠에게 주문을 했던 모양이다.

엄마가 좋아하는 쿠키까지 사 들고 우리는 충족된 기분으로 집에 돌아갔다. 그때 소요 언니의 마음은 슬픔으로 가득했을 텐데, 우리가 그 사실을 알게 된 것은 좀 더 나중의 일이다. 여전히 비가 내리고 있어, 밖에서는 눅눅한 밤기운과 겨울 거리의 냄새가 났다.

그다음날은 토요일이어서 후카마치 나오토와 데이트를 했다. 후카마치 나오토는 감기 기운이 있어서 목소리가 은근 섹시했다. 어디에 가고 싶으냐고 묻기에 비행장이라고 대답했더니, 쓰바사 공원이란 곳에 데려가 주었다. 모노레일을 타고 갔다. 구름 지고 쌀쌀한 오후. 적당히 살풍경한 공원이었다. 소나무 옆 벤치에 앉아 바다와 비행기를 바라보았다. 활주로도 보여서 흥분했다. 이착륙하는 비행기들의 굉음이 땅을 뒤흔들었다.

"비행기, 좋아하니?"

후카마치 나오토가 물어, 나는 고개를 끄덕였다.

"타본 적은 없지만, 모양이 아주 예뻐서 좋아해. 시마코 언니는 가끔 비행기 타고 오키나와에 가."

"그렇구나."

대꾸하는 후카마치 나오토의 옆얼굴이 차분하고 상냥해 보였다. 나도 모르게 손을 내밀어 눈썹을 더듬었다. 후카마치 나오토는 꼼짝하지 않았다.

"눈썹이 참 가늘다."

손가락으로 눈썹에서 코, 광대뼈 그리고 입술을 더듬어 내려갔다. 호기심에 넘치는 헬렌 켈러처럼.

"코하고 턱은 굉장히 차가운데, 눈썹이랑 입술은 살짝 따뜻해."

"그래?"

대꾸하는 후카마치 나오토의 얼굴 근육이 딱딱하게 굳어 있다.

"내 느낌으로는 얼굴 전체가 차가운 것 같은데."

이어 그렇게 말하며 웃었다.

"고토코의 손가락도 차갑고."

육지에 있는 비행기가 천천히, 천천히 움직인다.

"학교생활, 재미있어?"

기체에 찍힌 항공사 로고를 바라보면서 물어보았다.

"재밌지. 이런저런 녀석들이 많으니까. 그런데 고토코는 왜 대학에 안 갔어?"

이번에는 후카마치 나오토가 물었다.

"학교가 싫증 나서. 그냥 나 좋은 대로 멍하게 지내고 싶었어."

나는 그렇게 말하고, 공기를 가슴 깊이 머금었다. 낮고 묵직한 쥐색 하늘. 나는 거리에서 맡는 바다 냄새를 좋아한다.

"이제 그만 갈까?"

감기 걸린 사람을 위해 그렇게 제안했는데, 후카마치 나오토는 못 들었다는 듯이 딴소리를 한다.

"이 근처에 새가 있는 공원이 있는데."

"새?"

나는 비둘기와 까마귀와 구관조와 부엉이를 떠올리면서 되물었다. 거기에 참새와 닭도 추가한다.

"응. 좀 색다른 공원이야. 그래서 그런대로 좋아하는 곳."

후카마치 나오토는 심심찮게 그 공원에 들르는 듯했다.

"공원 가기 전에 차 마시고 싶다."

이번에는 나 자신을 위해 그렇게 제안했다. 그리고 우리는 우선 찻집을 찾아 차를 마시고, 해변을 따라 나 있는 길을 한참 걸어 새가 있다는 공원에 갔다. 공원에는 '관찰 오두막'이란 것이 있었다. 설명이 기재된 팻말도 있고, 망원경도 설치되어 있고, 망원경을 목에 건 아저씨들이 어슬렁거려 흥미로웠다. 후카마치 나오토는 새에 대해 잘 안다. 나는 연못에서 노니는 희고 까만 새가 마음에 들었다. 조그맣고 귀여워서.

"오늘 아침에, 역 앞에서."

전면이 유리인 로비로 돌아온 참에 내가 말했다.

"버스에서 내리다 발견했어."

"뭐, 마실래?"

옆에 있는 자판기를 가리키며 후카마치 나오토가 물었다. 나는 고개를 저어 내 뜻을 전하면서 이어 말했다. 왜 그런 얘기를 꺼냈는지 모르지만, 왠지 지금 얘기하고 싶었다.

"정류소 입간판에 흔히 어디어디 앞이라고 적혀 있잖아. 정류소 이름 말고, 그 밑에다 조그맣게, 왜 갖다 붙여놓은 것처럼 말이야."

후카마치 나오토가 수긍하듯 고개를 끄덕인다.

"그런데 역 앞 정류소에는 파친코 미쓰보시 앞이라고 쓰여 있었어."

나는 일단 말을 한 번 끊었다. 파친코 미쓰보시 앞. 그렇다. 분명히 그렇게 쓰여 있었다.

"그걸 내가 줄곧 잘못 읽었더라고. 하치미쓰 코보시(꿀 흘림)라고. 몇 년 동안이나."

후카마치 나오토는 미소를 머금었다.

"나도 종종 그래."

그렇게 부드럽게 말하고는 잠시 말이 없다가 덧붙였다.

"지금은 생각나지 않지만."

지금은 생각나지 않지만.

나는 그 말이 무척 마음에 들었다. 그렇게 말한 후카마치 나오토도 무척이나 좋았다.

리쓰가 시마코 언니에게 새 애인이 생긴 것 같다는 빅뉴스를 흘렸다.

"다음 주에 우리 집에 데리고 온대."

매끈거리는 밤색 머리칼을 인형의 머리에 붙이고 능숙한 손놀림으로 머리끝을 빗어 내리면서 리쓰는 평소와 다름없이 차분하게 말했다.

"다음 주?"

시마코 언니가 남자 친구를 집에 데리고 오는 것은 처음 있는 일이 아니다.

"응. 일요일. 그러니까 누나도 되도록 집에 있으라고 전해달라던데."

"그랬어."

아마도 나는 이상한 표정을 지었을 것이다. 많은 일들이 다양하게 그리고 한꺼번에 떠올라 어떤 표정을 지으면 좋을지 몰랐다.

"어떤 사람이래?"

부인과 사별한 전통과자집 주인(마흔여섯 살)과 결벽증이 심하고 어딘가 모르게 머리가 모자란 대학생 같은 회사원(커피 잔을 들 때 새끼손가락을 치켜세운다), 옛날 일이 뒤죽박죽 떠올랐다.

"그건 모르겠어. 소중한 사람을 데려올 거니까 엄마도 아빠도 집에 있으면 좋겠다고, 그 말밖에 안 했어."

소중한 사람을 데려올 거니까.

사랑에 빠지면 시마코 언니는 언제나 그렇게 말했다. 하지만 언니의 소중한 사람이 두 번 다시 우리 집에 온 일은 없었다.

"골탕 먹이면 안 돼."

리쓰가 말했다.

"아무리 시시껄렁한 남자라도 누나가 좋아하는 사람이니까."

응.

나는 애매하게 대답하고 고개를 돌렸다. 시마코 언니가 좋아하는 사람은 딱히 별날 것도 없다. 중요한 것은 어떤 사람이 시마코 언니를 좋아하냐는 것이다.

"일요일에 나 어쩌면 없을지도 몰라."

흠, 이라며 돌아본 리쓰의 눈빛에 그럴 리 없겠지, 라고 쓰여 있었다.

"이제 슬슬 나가볼까."

나는 리쓰의 옷장을 열어, 손수건과 동전과 도마뱀 지우개와 손톱깎이와 손목시계와 열쇠가 달려 있지 않은 키홀더가 올망졸망 들어 있는 상자에서 립크림을 꺼냈다. 그리고 문 뒤에 붙은 거울을 보면서 립크림을 입술에 발랐다. 립크림은 입술을 보호해준다. 싸늘한 바람과 거리의 먼지와 건조한 공기와 세균과 좋지 않은 이런저런 것들로부터.

"다녀올게."

한손을 들고서 나는 어린 리쓰의 방에서 나왔다.

지난 반 년 사이에, 한밤의 산책이 습관이 되고 말았다. 그것은 내 불규칙한―혹은 규칙 없는―생활에서 유일하게 규칙적인 것이랄 수 있었다. 가까운 데도 가고 먼 데도 가고, 발길이 향하는 곳은 다양하지만 오늘 같은 주말 밤이면 주로 사람 많은 번화가에 간다. 내가 한밤에 산책을 하는 이유가 바로 밤중에 나다니는 사람들을 보는 것이니까. 밤공기는 낮 공기보다 산소가 짙은 듯하다. 그래서인지 숨쉬기가 아주 쉽다.

계단에서 엄마와 스쳤다. 막 목욕을 하고 나와 두 볼이 발그레한 엄마는 따스한 물기를 띠고 비누 냄새를 풍기면서, 머그컵 두 개를 담은 쟁반을 조심스레 들고 있었다. 남성용처럼 멋없는 줄무늬 잠옷 위에 하얀 모헤어 카디건을 걸치고 있다.

"산책 가니?"

"응."

대답하면서 나는 몸을 틀어 엄마가 왼쪽 옆구리에 끼고 있는 엄마 옷―조그맣게 접고 겹쳐서 스웨터로 둘둘 말 것―을 빼내 들고, 그다음에는 오른쪽 옆구리에 끼고 있는 유탐포―금속 제품이 아니라 아빠가 외국에서 사 온 고무 제품이고 펠트 천을 씌운 조그만 물베개 같은 모양―를 빼들고 엄마 뒤를 따랐다.

"밤마다 웬 짐이 이렇게 많아."

우리들의 엄마는 억척스럽다.

침실에서는 아빠가 책을 읽고 있었다. 엄마는 코코아가 담긴 컵은 아빠의 머리맡에, 따끈하게 데운 우유가 담긴 컵은 자신의 머리맡에 놓고서, 내 손에서 유탐포를 받아들었다.

"고맙다. 옷은 의자에 둬."

그렇게 말하고 엄마는 아빠 쪽 침대 발치에 서서 이불을 들추고 유탐포를 밀어 넣는다.

"오늘도 지금 나가는 거냐?"

읽고 있던 책에서 고개를 든 아빠가 내 얼굴을 쳐다보았다.

"응."

아빠는 그렇구나, 라 한마디 하고는 아무 말이 없었다. 우리는 서로를 쳐다보았다. 아빠가 슬며시 시선을 거두고 코코아를 마셨다. 그리고 다시 책으로 눈길을 떨어뜨린다.

나는 잠시 문 옆에 서서, 우리 안에서 활발하게 야간 활동―사다리에 올랐다가 내려오고, 때로는 움직임을 멈추고 생각에 잠기고, 그러다 달그락달그락 쳇바퀴를 돌리고, 문득 생각났다는 듯이 물을 마시는―을 하는 윌리엄의 모습을 사랑스럽다는 듯

들여다보다가 카디건을 벗고 이불 속으로 들어가는 엄마를 바라보았다. 스탠드 불빛이 비치는 아빠의 옆얼굴과 아직도 발갛게 달아 있는 엄마의 볼. 그리고 각자의 몸 크기만큼 수줍게 부푼 이불. 아빠가 페이지를 넘기는 소리가 난다.

"안녕히 주무세요."

"그래, 잘 자거라."

복도로 나와 문을 닫는다. 나는 다시 계단을 내려가 운동화를 신고 밖으로 나갔다. 엄마는 똑바로 누워 자고 아빠는 엎드려 잔다. 맑은 밤하늘에 별이 싸늘하게 빛나고 있었다.

다음 일요일은 금방 돌아왔다.

손님—시마코 언니의 소중한 손님—을 맞기 위해 엄마는 온 집 안을 꼼꼼히 청소했고, 아빠는 낮인데 목욕을 하고 몸단장을 했고, 나는 테이블을 꾸밀 오렌지색 호박을 사러 다녀와야 했다. 소요 언니도 왔다. 당사자인 시마코 언니는 긴장한 표정이었고 아침부터 말수가 적었다. 지금까지 없던 일이었다. 시마코 언니는 연애를 하면 감정이 고조되어, 이런 날이면 특히 말이 많았으니까.

저녁때가 되어 우리는 깔끔하게 정리된 부엌 테이블에 둘러앉아 차를 마셨다. 우리란 나와 엄마와 소요 언니와 리쓰. 시마코 언니는 손님을 데리러 나갔고, 아빠는 다다미방에서 스모를 보고 있었다.

"리짱은 요즘 건강하니?"

고개를 살짝 기울인 소요 언니가 다정하게 물었다. 우리 집에서 리쓰를 리짱이라고 부르는 사람은 소요 언니 하나뿐이다.

"그럼, 건강하지."

리쓰도 소요 언니 못지않게 차분히 대답했다. 이럴 때, 나는 언제나 이상한 기분이 든다. 리쓰와 소요 언니는 성격이 전혀 다른데, 그럼에도 틀림없는 형제라는 것을 새삼 깨닫게 되기 때문이다.

"잘됐네."

소요 언니가 방긋 웃는다. 옛날에 리쓰는 몸이 약했다. 지병이 있었던 것은 아니지만 툭하면 감기에 걸리고, 배탈이 나고, 환절기에는 두통을 앓았다. 하지만 그것도 중학교에 올라갈 무렵까지. 그 후로는 알게 모르게 건강해졌다. 웃는 얼굴에는 황홀할 정도로 건강미가 흐른다.

"강해졌구나."

소요 언니가 말한다. 소요 언니도 잘 알고 있다. 어린 리쓰가 나날이 건장해지고 있다는 것. 키도 훌쩍 자랐고, 호리호리하던 몸도 조금씩 우람해졌다. 그런데도 소요 언니는 또 물으리라.

리짱, 요즘 건강하니?

다녀왔어요.

현관에서 목소리가 났다. 가늘고 높은 목소리였다. 시마코 언니의 목소리는 늘 그렇다. 목구멍에 있는 비밀 공장에서 특별히 만들어진 듯한 목소리. 어서 와라, 하면서 엄마가 현관으로 나갔다.

초등학교에 다닐 때, 시마코 언니는 따돌림의 대상이었다고 한다. 체험학습 가는 버스에서는 아무도 옆에 앉으려 하지 않았고, 시마코 언니가 손 댄 물건은 '더럽다'고 아이들이 침을 뱉었던 모양이다. 심술궂은 남자아이가 뒤에서 책가방을 걷어차 넘어지는 바람에 책상 모퉁이에 부딪쳐 눈두덩 위를 네 바늘이나 꿰맨 일도 있다. 그래서 시마코 언니의 눈썹 일부는 지금도 휑하게 비어 있다. 그리고 최대한 먼 중학교—전철을 타고 1시간 반이나 걸리는 곳에 있는 여자중학교—로 진학했다. 시마코 언니의 목소리 공장은 아마도 그런 일과 연관이 있을 것이다.

소요 언니와 시마코 언니는 공립 초등학교에 다녔는데, 나와 리쓰는 사립 초등학교에 다녔다. 엄마는 반대했던 것 같은데, 아빠가 기어이 사립에 보내고 싶어했단다. 이 역시 시마코 언니의 눈썹 흉터와 연관이 있다.

"실례합니다."

들어온 사람을 보고 우리는 정말 놀랐다. 여자였기 때문이다.

"어서 이리 앉으세요."

나는 너무 놀라 입이 다물어지지 않는데, 소요 언니는 놀란 기색 하나 없이 그렇게 말했다.

"안녕하세요."

리쓰도 미소 지으며 말한다. 그때서야 두 사람 다 의자에서 일어나 있고, 나 혼자 앉은 채라는 것을 알았다. 나도 얼른 일어났다.

"구스이 미야코 씨야."

시마코 언니가 그녀를 소개했다.

"이쪽은 우리 언니 소요, 이쪽은 여동생 고토코 그리고 이쪽은 남동생 리쓰."

"처음 뵙겠습니다."

시마코 언니의 손님은 해맑은 미소를 띠고 말했다. 아주 젊은 여자였다. 갈색 터틀넥 스웨터에 청바지를 입은 차림에 머리는 아주 짧다.

"미야코 씨, 올 봄부터 우리 사무실에서 아르바이트하고 있어."

시마코 언니가 그렇게 말했을 때, 안쪽에서 아빠가 나타났다. 엄마가 부르러 갔던 것이다.

"어서 와요."

손님의 성별에 관해서는 엄마가 벌써 전했을 것이다. 아빠는 난감한 표정을 지은 채, 문턱에 멀거니 서 있는 사태를 간신히 모면했다.

"자 자, 앉아요, 앉아."

안경 너머 조그만 눈이 벙글거리고 있었다. 아빠는 시마코 언니의 소중한 사람이 남자가 아니라서 내심 안도했는지도 모른다.

"동생이 신세를 많이 지고 있죠."

소요 언니가 컵에 진저에일—우리 집에서는 손님이라도 성년이 아니면 술을 권하지 않는다—을 따라주면서 말했다.

화기애애한 분위기에서 건배를 하고 저녁 식사를 시작했다. 수프와 샐러드, 미트로프에 해산물 파에야, 테이블 위에는 그로테스크한 단호박. 미야코 씨는 거리낌 없는 성격인지, 아빠의 농담과 엄마의 수다에 일일이 깔깔거리며 신나게 웃었다.

하지만 안심하기에는 일렀다. 정말 놀란 것은 그다음부터였기 때문이다.

"단것 좋아해요?"

엄마의 물음에 미야코 씨는 네, 하고 기쁜 듯이 고개를 끄덕였다. 그리고 엄마가 큼지막하게 자른 피칸 파이—소요 언니가 직접 만든 것—를 접시에 더는 순간.

"미야코 씨, 임신 중이야."

시마코 언니가 말했다. 너무도 갑작스러운 말이어서, 묘한 침묵이 감돌고 말았다.

"호, 그래."

처음 입을 연 사람은 아빠였다.

"축하해요."

아빠가 따스하게 말했다.

"정말 축하해요."

엄마도 때를 놓칠세라 밝은 목소리로 말했다.

"아이를 가졌다니, 정말 멋지네. 그렇지, 시마코?"

엄마가 동의를 구하는데도 시마코 언니는 대답하지 않았다. 그 대신 이렇게 말했다.

"내 아이야."

이번에야말로 결정적인 침묵이 내려왔다. 시마코 언니가 모두의 얼굴을 빤히 쳐다본다. 입술을 꽉 다물고 있다.

"미야코 씨 아이, 내가 입양하려고 해."

시마코 언니는 여전히 물러서지 않았다. 일부분만 휑한 눈썹을 신경질적으로 찡그린 채.

엄마와 아빠는 생일이다 추석이다 손님이 온다, 하고 툭하면 소요 언니를 불러대면서 정작 자고 가는 것은 탐탁해하지 않는다. 일단 시집을 갔으니 그렇다는 것이다. 하기야 그 점에는 엄마와 아빠 사이에 의견차가 있다. 아빠 의견은 이렇다. 소요 언니는 이미 '법적으로 쓰게 집안의 사람'이니 쓰게 집안 사람이 미야자카의 집에서 자는 것은 사리에 맞지 않다. 아빠에게는 언제나 사리에 맞고 맞지 않고가 상당히 중요하다. 그리고 그렇기 때문에 '법적으로 미야자카 집안으로 돌아오는 경우라면, 그러고 싶을 때 서슴없이 돌아오면 된다'는 얘기가 된다.

 엄마 의견은 다르다. 엄마는 '마음이 있는 곳'이 중요하단다. 소요 언니의 마음이 쓰게 씨에게 있는 이상 '365일 언제나 그곳으로 돌아가야 마땅'하단다.

 "그러니까 만에 하나."

 언젠가 엄마는 소요 언니에게 대놓고 그렇게 말했다.

"그러니까 만에 하나 네 마음이 다른 사람에게로 옮겨 갔다면, 그때는 거리낄 것 없이 그 사람 품으로 가거라."

때문에 오늘도 소요 언니는 현관에 서서 아빠와 엄마에게 작별 인사를 한다.

"이제 그만 갈게. 미트로프와 해산물 파에야, 맛있게 잘 먹었어요."

소요 언니는 예의 바르다.

"조심해서 가. 쓰게 서방에게도 안부 전하고."

엄마는 그렇게 말하고, 코트를 걸친 언니의 옷깃 사이에서 긴 머리를 살며시 꺼내주었다. 소요 언니의 코트는 감색이고, 옷깃에 갈색 퍼가 달려 있다.

나와 리쓰는 밑에서 두 번째 계단에 나란히 걸터앉아 무릎에 턱을 괴고 침묵한 채 소요 언니를 배웅했다. 아빠와 엄마의 등 너머로. 현관이 추워서 우리 둘은 스웨터 소매를 손가락 끝까지 쭉 끌어올리고 있었다. 턱을 괸 것은 그 소매가 흘러내리지 않게 하기 위해서였다.

"너희들도 잘 있어."

고개를 살짝 옆으로 기울이고 소요 언니는 현관을 나섰다. 미야자카의 집 밖으로. 드넓은 별하늘 아래로.

엄마와 아빠는 거실로 돌아간다. 나와 리쓰는 그대로 앉아 그들의 허전한 슬리퍼 소리를 들었다.

　어렸을 때 우리는 카루타 놀이(그림과 글이 있는 카드로 하는 게임. 글을 읽는 쪽과 그 글과 관련된 카드를 집는 쪽이 있다. 백인일수와 에도 이로하는 카루타 놀이의 일종—옮긴이)를 좋아했다. 백인일수든 에도 이로하든, 카루타라면 무엇이든 좋았다. 패를 읽는 사람은 늘 소요 언니였다. 나머지 세 명은 모두 실력이 막상막하. 짝이 되는 패를 쳤을 때 휙 날아오를 수 있게 우리는 복도에서 주로 그 놀이를 했다. 복도는 춥고, 앉아서 하다 보면 다리도 아팠지만 누구 하나 징징거리지 않았다. 우리에게는 각자 좋아하는 패가 있었다. 리쓰는 다른 형제가 좋아하는 패에는 절대 손을 대지 않았지만, 시마코 언니는 달랐다. 시마코 언니는 처음부터 끝까지 눈을 번뜩이며 내가 좋아하는 패만 노렸다. 나도 그랬다. 우리의 실랑이는 장렬했다. 소요 언니는 패 읽는 타이밍을 잘 조절해서 각자가 좋아하는 패를 잘 칠 수 있도록 신경 써 주었지만, 훗날 패를 읽을 때마다 조바심이 나고 걱정스러워 참 싫었노라고 털어놓았다.

　시마코 언니는 내가 언니가 좋아하는 패를 쳐버리면 굉장히 무서운 표정을 지었다. 그런 표정을 하고서 분하다는 듯 눈물까지 글썽여서 더 무서워지곤 했다. 무섭고 슬프고 분해하는 얼굴.

나는 카루타 놀이를 하면서 모두가 정신을 집중하는 그 느낌이 좋았다. 싸늘한 복도에서, 귀만 쫑긋 기울이고서.

"고토코 누나."

계단 위에서 리쓰가 부른다.

"언제까지 앉아 있을 거야?"

난간 밖으로 몸을 내밀고 나를 내려다보는 리쓰의 얼굴. 매끈매끈한 머리칼, 검은자위가 큰 눈동자.

"거기서 기다려."

나는 얼른 계단을 올라갔다.

미야코 씨는 내년 6월에 출산한다고 한다. 아버지는 프리터인 남자 친구이거나 처자식이 있는 다른 애인일 텐데, 양쪽 다 미야코 씨가 아이를 낳아 키우는 것을 애당초 원치 않았다고 한다.

"수요와 공급의 밸런스지 뭐."

시마코 언니는 그렇게 말했다.

"적어도 지금은 미야코 씨가 아이를 필요로 하지 않아. 적어도 내가 필요로 하는 만큼은."

시마코 언니는 '적어도'를 거푸 강조했다. 시마코 언니는 흥분하면 단어를 이상하게 사용한다.

"그런데 미야코 씨는 실제로 아이를 갖고 말았어. 세상은 조금도 논리적이지 않아. 그러니까 내가 아이를 입양해서 어른이 될 때까지 잘 키울 거야. 적어도."

아무도 피칸 파이에 손대지 않았다. 소요 언니가 손수 만든, 단맛이 덜한 피칸 파이.

"아, 그런데 말이야."

고개 숙인 채 눈을 껌벅거리며 아빠가 조용히 말을 가로막았다.

"이런 일은 잘 생각해봐야지. 침착하게, 천천히 시간을 두고 신중하게."

"그럼, 그렇고말고."

엄마도 거들었다.

"우리 우선은 차를 마시고 이 파이를 먹자꾸나. 아주 맛있겠는데. 지금 당장 아기가 태어나는 것도 아니잖니."

그래서 우리는 차를 마시고 파이를 먹었다. 다만 시마코 언니만이 일그러진 표정으로 아빠를 흘겨보았다.

"물론 잘 생각했어. 침착하게, 신중하게."

도전적인 말투에 긴박한 목소리였다. 아빠는 홍차를 마셨다.

"그런 후에 결심한 거야. 내 마음은 변함없어. 아빠랑 엄마가 뭐라고 하든 나는 아기랑 살아갈 거야."

"……네 마음은 알겠는데."

엄마가 끼어들었다.

"그래도 아이를 키운다는 거 쉽지 않은 일이야."

"맞는 말이에요."

그렇게 맞장구를 친 사람은 미야코 씨였다.

"저도 시마코 씨에게, 그러지 말라고 했어요."

짧은 침묵이 생겨났다. 시마코 언니는 험악한 얼굴로 미야코 씨를 노려보았다.

"아, 진정들 하라고."

다시 아빠가 말을 가로막았다.

"태어날 아이는 태어날 거고, 태어나지 않을 아이는 태어나지 않아. 어쩔 수 없는 일이잖아."

묘한 말이었다. 찻잔과 받침이 부딪치는 딱딱한 소리만 조심스럽게 방 안에 울렸다.

"미야코 씨, 어떻게 생각해?"

리쓰의 침대에 걸터앉아 『소년 점프』의 페이지를 팔락팔락 넘기면서 나는 물었다.

"어떻게 생각하긴."

썰렁한 리쓰의 대답. 썰렁한 대답인데 목소리는 썰렁하게 울리지 않는 것이 우리 어린 리쓰의 특징이다. 그의 목소리가 본질적으로 성실하기 때문이라고 생각한다.

나는 리쓰의 옷장을 뒤져 감색 울 반코트를 골랐다.

"이것 좀 빌려줘."

나는 얼른 코트를 걸쳤다. 책상에서 책을 읽기 시작한 리쓰는 돌아보지도 않은 채 "좋을 대로."라고 말한다. 거의 기계적인 말투다.

"고마워."

나는 리쓰의 등 뒤로 다가가 정수리에 입을 맞췄다. 그리고 리쓰의 코트를 입은 팔로 머리를 꼭 껴안는다.

"다녀올게."

리쓰는 피식 웃었다. 그리고 어쩔 수 없이 고개를 돌리고 말한다.

"다녀와. 누가 잡아가지 않게 조심하고."

"네."

만족한 나는 기분 좋게 대답하고 방을 나갔다.

역까지는 버스로 가면 10분 남짓, 걸으면 25분쯤 걸린다. 역 앞 조그만 광장은 군데군데 벤치가 있고 분수도 있어, 산책길에 내가 종종 들르는 곳이다.

버스길에는 포플러와 은행나무가 번갈아 서 있다. 나는 수북하게 쌓인 낙엽을 밟으며 걸었다. 낙엽은 머금고 있는 물기에 따라, 밟으면 눅진하거나 바스락 소리를 내며 부서진다. 메마른 엷은 갈색 낙엽 더미를 보면 신이 나서 발로 차며 걸었다. 리쓰의 코트는 따뜻하고, 달은 높은 하늘에 떠 있고, 공기가 투명한 아름다운 밤이다.

역 앞 광장에 도착하자 벤치에 가만히 앉아 있었다. 플랫폼의 형광등 불빛이 사방으로 하얗게 빛나 아주 환하다. 산책길에 이곳까지 왔을 때에는 늘 마지막 전철을 보고 돌아간다.

그렇게 앉아 있다 보니 나는 나 자신이 정말 밤의 일부가 된 듯한 기분이 들었다. 전철이 들어올 때마다 개찰구에서 쏟아져 나오는 사람들이 모두 내 눈 앞을, 마치 나 따위는 없는 것처럼 무시하고 태연히 지나간다. 엇비슷한 코트를 입고, 하나같이 빠른 걸음으로.

조금 떨어진 곳에는 라면을 파는 포장마차가 있고, 아저씨들이 소리 없이 번갈아 들렀다.

밤의 전철은 참 아름답다. 환하고 따뜻해 보인다. 플랫폼을 올려다보다가, 나는 황홀감에 젖는다. 분수에서 울리는 낮은 물소리, 역내 방송과 발차를 알리는 부드러운 벨 소리, 바람 소리, 걸어가는 사람들의 발소리. 나는 안심하고서, 그대로 잠들어버릴 것처럼 노곤해진다. 주머니에 두 손을 쑤셔 넣자, 껌 종이가 손가락에 닿았다.

12시 45분에 떠나는 마지막 전철을 보내고, 사람들의 흐름이 끊어지기를 기다렸다가 일어섰다. 폐 안에 듬뿍 밤을 들이쉰 나는 기운이 넘친다. 산책을 하면 늘 그렇다.

어슬렁어슬렁 집으로 돌아가면서, 그러고 보니까 시마코 언니 안 들어왔었지, 하고 생각한다. 미야코 씨를 데려다준다고 나가고서는 돌아오지 않았다. 시마코 언니도 어디선가 밤을 즐기고 있는 것이리라. 보나마나 술을 마시고 있을 것이다. 시마코 언니는 색깔 있는 술을 좋아한다. 다리가 길쭉한 잔에 찰랑거리는 빨강, 파랑, 초록, 분홍의 달짝지근한 술. 간단하게 과일이 곁들여지기도 하는. 시마코 언니는 언니가 좋아하는 술을 닮았다고 생각한다.

집에 돌아가보니 엄마는 윌리엄에게 산책을 시키고 있었다. 윌리엄을 우리에서 꺼내 부엌을 마음대로 돌아다니게 하는 것이다. 윌리엄은 처음에는 익숙하지 않은 자유가 당황스러운지 테이블 위에서 우왕좌왕하다 토스터 뒤에 웅크리고서 깊은 생각에 잠긴 듯 고개만 갸웃거리더니, 두 번째부터는 온 부엌 안을 제 세상인 양 돌아다녔다. 엄마는 그것을 '탐험'이라 표현하면서, 햄스터는 호기심이 많은 동물이라서 이렇게 풀어줄 필요가 있다고 주장했다.

내가 들어갔을 때, 윌리엄은 싱크대 끝에 서 있었다. 구슬 같은 눈으로 사람을 빤히 쳐다본다.

"왔니."

엄마가 잠옷에 카디건을 걸친 모습으로 말했다. 엄마는 부엌 한가운데에 서서, 김이 오르는 머그컵을 쥔 채 윌리엄을 주의 깊게 지켜보고 있다.

"밖에 춥던?"

엄마가 윌리엄을 계속 쳐다보면서 묻는다. 발갛게 달아오른 볼, 매끄러운 피부.

"아니."

나는 고개를 옆으로 저으며 대답하고는 엄마에게 다가가 킁킁 숨을 들이쉬었다. 정겹고, 은근한 냄새. 엄마와 단 둘이 있을 때면 때로는 이러고 싶어진다.

"강아지처럼 킁킁거리지 마라."

엄마가 엄한 목소리로 매몰차게 말했다.

"목욕물, 지금 딱 적당하니까 얼른 들어가."

"……네."

기가 팍 죽은 나는 얌전히 물러난다.

후카마치 나오토와는 일주일에 두세 번 만난다. 대학생은 의외로 시간이 많은가 보다. 만나면 우리는 차를 마시고 영화를 보고 산책을 하고 밥을 먹고 드라이브를 했다. 만난 지 오래되지 않은 남녀가 서로를 잘 알기 위해 할 만한 일은 대충 다 하고 있었다.

그래서 나는 이제 슬슬 때가 왔다고 생각했다. 물론 나 혼자 그렇게 추측했을 뿐이지만, 아무튼 제안해보기로 했다. 수요일이었다. 우리는 오모테산도에 있는 커다란 카페에서 차를 마시고 있었다.

"뭐?"

입을 살짝 벌린 채, 후카마치 나오토는 그야말로 깜짝 놀란 얼굴이었다. 구름 낀 아주 추운 날이었다. 1시가 조금 넘었을 뿐인데 저녁때 같았다.

"다시 한번 말해볼래?"

후카마치 나오토가 조심스럽게 요구해, 나는 같은 말을 되풀이했다.

"이제 슬슬 육체관계를 갖자."

후카마치 나오토는 내 얼굴을 빤히 쳐다보았다. 나도 그를 쳐다보았다.

"그러니까, 싫지 않으면 그러자는 거지만."

마음이 실쭉해져 그렇게 덧붙였다.

섹스에 대해 우리에게 처음 얘기해준 사람은 엄마였다. 리쓰는 갓난아기였고, 나는 서너 살, 시마코 언니는 초등학생이었고, 소요 언니는 갓 중학교에 들어갔을 때라고 기억한다.

"그건 일종의 일이야."

엄마는 그렇게 말을 꺼냈다. 리쓰를 품에 안고, 옆에 서 있는 내 머리를 쓰다듬으면서. 소요 언니와 시마코 언니는 조금 떨어진 곳에 납죽 앉아 있었다. 옆에는 베란다로 나가는 유리문이 있고, 둘의 머리에 햇살이 비치고 있었다. 사탕을 오물거리면서 얘기를 듣던 시마코 언니를 기억하고 있다.

"대수로운 일 아니야."

엄마는 태연하게, 유유자적하게 말했다.

"중요한 건 환상을 품지 않는 것. 그리고 상대를 잘 선택하는 것. 걱정하지 않아도 돼. 생각만큼 나쁜 건 아니니까."

엄마는 담담하게 말했지만, 생각만큼 나쁘지 않다는 말은 꽤나 나쁜 것이란 말로 들렸다.

"그런데."

소요 언니가 주춤거리다 물었다.

"그 사람이 잘 고른 상대인지를 어떻게 알아?"

눈썹을 약간 찡그리고 있었다.

"아니까 아는 거지."

엄마는 자신 있게 대답했다. 시마코 언니가 후, 하고 조그만 숨을 내쉬어 입술 사이로 달콤한 사탕 냄새가 흘러나왔다.

"……오늘, 지금?"

후카마치 나오토는 당혹스러운 표정으로 물었다.

"하지만 지금 불편하면 다음에라도 괜찮아."

나는 우선은 고개를 끄덕이고, 그렇게 양보했다.

"다음?"

"응. 다음."

우리는 서로를 쳐다보고, 잠시 침묵했다. 창밖을 바라보거나, 각기 차를 마시면서.

"좋아, 지금이라도."

그러고서 후카마치 나오토가 말했다.

리쓰가 가장 좋아하는 보석은 오팔이다. 리쓰가 제 입으로 그렇게 말했다. 갓 초등학교에 들어갔을 무렵, 전철을 타고 한 정거장 거리에 있는 피아노 학원에서.

적게 보아도 일흔 살은 넘었을 여자 선생님은 손이 커다랗고 머리칼은 아름다운 백발이었다. 학생들에게 엄격해서 리쓰도 간혹 손등을 맞곤 했지만, 레슨받는 동안 기다리는 내게는 슬쩍 주스를 가져다주곤 했다. 목에 늘 예쁜 목걸이를 하고 있었다.

"그거, 오팔이죠?"

리쓰가 목걸이를 가리키며 불쑥 물었을 때, 나는 움찔 놀랐다. 나는 보석 이름을 하나도 몰랐기 때문이다.

"잘 아는구나."

선생님이 주름이 자글자글한 손가락으로 그 뽀얀 돌을 만지작거리며 대답하자, 리쓰는 모범생 같은 표정을 지으며 이렇게 말했다.

"저, 보석 중에서 오팔을 가장 좋아해요."

저, 보석 중에서 오팔을 가장 좋아해요.

나는 담요를 몸에 빙빙 감은 채 그런 생각을 하고 있었다. 나른한 손발을 쭉 뻗고 누워, 그 돌의 뽀얗고 따끈따끈할 것 같은 표면을 떠올린다. 화사한 금색 줄에 매달려 있었다. 옆에는 후카마치 나오토가 누워 있다. 우리 둘의 몸은 일정한 거리를 두고 평행하게 놓여 있다. 접시에 담긴 꼬치구이 두 개처럼.

나는 아까 이 방에 들어왔을 때부터 조금 전까지 생긴 일 하나하나를 떠올리며, 머릿속에 죽 늘어놓아 보았다. 모든 일이 그렇다. 그 일이 실제로 벌어졌을 때는 잘 모르는 채 지나치고 만다. 그러니까 우리는 요소요소에서 걸음을 멈추고, 곰곰이 생각해봐야 한다. 냉정하게, 객관적으로. 아빠가 늘 그렇게 말했다.

"좀 더운데."

후카마치 나오토가 말한다. 난방 때문에 방 안이 후끈후끈하다.

"괜찮았는지 모르겠다, 이런 데여도."

고개를 돌려 내 얼굴 오른쪽 절반을 보면서 후카마치 나오토가 물었다. 나는 천장을 올려다본 채, 이런 데가 어떤 곳인지를 생각했다. 호텔을 말하는 것일까, 이 동네를 말하는 것일까, 아니면 이 방을 말하는 것일까.

"목욕물 받아놓을까?"

후카마치 나오토는 무척 친절하다.

"아니, 괜찮아."

나는 고개를 젓고, 담요 속에서 몸을 돌려 팔꿈치로 몸을 받친 자세로 엎드렸다.

"그보다, 잘 좀 보여줘."

담요를 밀쳐내고, 후카마치 나오토의 몸을 빤히 본다. 목에서 허벅지로 이어지는, 평소에는 옷에 가려 보이지 않는 부분을 그야말로 빤히. 배꼽 아래 털이 가장 마음에 들었다. 음모 말고 배꼽 아래 몇 오라기 돋은 털. 나는 그 털을 잡아당겨본다. 뺨을 갖다대본다.

"뭐하는 거야?"

머리 저 위에서 후카마치 나오토의 묘한 목소리가 들렸다.

학 접기 ⑦에서 앞뒤를 뒤집어 접는다→칼집을 내고 접어 내려 손을 만든다→단을 만들어 안으로 접어 넣는다→머리는 중

앙에서 점선을 따라 어긋나게 벌린다→안으로 접어 넣는다→완성. 이건 큐피.

접어 내린다→맞접는다→주머니 접기(뒤쪽도 마찬가지)→좌우를 접어 올린다(뒤쪽도 마찬가지)→맞접는다(뒤쪽도 마찬가지)→접어 내린다(뒤쪽도 마찬가지)→그림 ⑩처럼 끼워 넣는다(뒤쪽도 마찬가지)→공기를 집어넣는다→완성. 이건 풍선

"안 자니?"

문이 열리고 시마코 언니가 얼굴을 들이밀었다.

"어, 왔어?"

나는 몸을 비틀며 대답한다. 시마코 언니는 출퇴근용 투피스 차림에 커리어 우먼다운 와인색 서류 가방을, 마치 껄렁껄렁한 남학생이 유도복이라도 둘러메고 있는 모습으로 어깨 너머 등에 메고 있다.

"뭐하는 건데?"

끈끈하게 들러붙는 듯한 목소리.

"종이접기."

"그러니."

시마코 언니가 내 뒤에 서서 내 손놀림을 들여다본다. 내가 리쓰의 방에서 늘 그러는 것처럼.

"잘하네."

시마코 언니는 그렇게 말하면서 내 머리를 쓰다듬었지만, 종이접기에는 조금도 관심이 없다는 것을 이내 알 수 있는 목소리였다.

"왜, 무슨 일 있어?"

나는 새 색종이를 꺼내 끝을 반듯하게 맞춰 반으로 접으면서 물었다. 이번에는 휘파람새를 접는다. 시마코 언니는 아무 대답 없이 내 손가락 끝과 파란 색종이에 따가운 시선을 쏟고 있을 뿐이다.

"언니도 접을래?"

할 수 없이 내가 물었다. 시마코 언니는 싫다고 한다.

"고토코, 너, 아기 갖고 싶었던 적 없어?"

시마코 언니의 목소리는 몹시 심각하다.

"아니, 없는데."

나는 그렇게 단언하고서 열심히 종이를 접었다. 세모난 곳을 왼쪽으로 접고 다시 밑으로 접고 올려 접고, 뒷부분을 살짝 어긋나게 올려 접는다. 부리는 내려 접는다.

"남자는?"

과감하게 물었다.

"남자는 원하지 않아?"

예전에는 그렇게 좋아했잖아, 하고 덧붙인다.

"너는? 너는 남자가 좋니?"

나는 후카마치 나오토를 떠올렸다. 후카마치 나오토의 얼굴, 후카마치 나오토의 목소리, 후카마치 나오토의 손, 후카마치 나오토의 배.

"좋지."

생각하면서 대답했다.

"겉보기만큼 나쁘지 않잖아."

흐음, 그러니.

시마코 언니는 정말 한심하다는 듯 말했다. 짧은 침묵이 생기고, 나는 배에서 꼬리 쪽을 동그랗게 잘라내 휘파람새 한 마리를 탄생시킨다. 새는 몸집이 커다래서 제비처럼 보인다.

"오늘 소요 언니가 회사로 찾아왔더라."

내 침대에 걸터앉아, 머리맡에 매달려 있는 고양이 꼭두각시 인형을 만지작거리며 시마코 언니가 말했다.

"같이 점심 먹자면서."

"……그랬어."

그래서 뭘 먹었느냐고 물으니, 시마코 언니는 조용한 목소리로 국수, 라고 대답했다.

"큰언니는 가락국수?"

응, 이라 대답하며 시마코 언니가 커튼을 연다.

"나는 녹차 메밀국수. 이렇게 하니까 달이 보이네."

시마코 언니는 침대에 거의 달라붙을 듯 윗몸을 낮게 구부리고 창 너머로 하늘을 보았다.

옛날에 엄마가 외출을 하면 우리는 국수를 시켜 먹었다. 아빠는 오리고기 메밀국수, 소요 언니는 가락국수, 리쓰는 냉메밀로 늘 정해져 있었다. 나와 시마코 언니는 오락가락, 그때그때 시키는 게 달라서 세 사람이 부러웠다.

"큰언니는 아기 키우는 거 반대래?"

시마코 언니는 고개를 젓는다.

"큰언니는 친절하잖아. 그런 말 안 했어."

그렇다. 소요 언니는 친절하다. 아마도 소리 없이 가락국수를 먹고서, 방긋방긋 웃으며 그간의 얘기를 하다가 돌아갔을 것이다. 전철을 타고서.

"그런데."

시마코 언니가 일어나 다시 내 옆으로 다가오더니 한 손으로 내 머리를 쓰다듬었다. 가녀린 손목에는 갈색 가죽 벨트 시계와 가느다란 팔찌를 차고, 가운뎃손가락과 약지에는 금반지를 하나씩 꼈다.

"그런데 큰언니가 그냥 살림하는 여자로 보였어."

헐뜯는 게 아니라 왠지 분하다는 말투였다. 시마코 언니는 액세서리를 주렁주렁 끼고 찬 왼손으로 내 머리를 계속 쓰다듬는다.

소요 언니가 시집을 간 것은, 작년 가을 화사하고 아름다운 날이었다.

이른 아침에 집을 나섰다. 신부 화장을 하고 웨딩드레스를 입는데 몇 시간이나 걸리기 때문이었다. 택시가 오기를 기다리는 동안, 우리는 모두 벚꽃잎차를 마셨다.

소요 언니가 현관에서 인사를 했다. 나와 리쓰는 밑에서 두 번째 계단에 나란히 앉아 턱을 괴고서, 잠자코 언니의 그런 모습을 바라보았다. 아빠와 엄마의 등 너머로. 위아래로 길쭉한 창문으로 햇살이 비쳐, 복도에 무늬가 어렸다. 햇살의 냄새.

시마코 언니는 혼자 밖에서 기다렸다. 대문 밖, 택시 옆에 덩그러니 서서.

그리고 모두 밖에 나가서 떠나가는 택시를 배웅했다. 택시는 하얀 차체에 파란 마크가 찍혀 있었다. 집 안에 있을 때 차림 그대로여서, 바람이 불면 모두 목을 움츠렸다.

"가버렸네."

집으로 들어오자, 엄마가 말했다.

나는 뒷머리에 닿는 반지의 감촉을 느끼면서, 두 언니가 마주 앉아 국수 먹는 장면을 상상했다. 테이블에는 메밀차 찻잔과 파가 동동 떠 있는 소스 그릇, 의자에 놓인 핸드백, 무릎에 펼쳐져 있는 손수건, 테이블 밑에는 마주하고 있는 네 다리, 그런 것까지 세세하게 그렸다.

나는 갑자기 소요 언니가 보고 싶어졌다.

"작은언니."

나는 고개를 비틀어 시마코 언니의 얼굴을 본다.

"우리 지금 큰언니에게 전화해볼까?"

내가 말하자, 시마코 언니는 험악한 표정을 지었다.

"너무 늦었어."

눈썹을 잔뜩 찡그리고 그렇게 말한다.

"지금이 몇 시인데그래. 너 정말 몰상식하다."

나는 상관 않고 일어나, 복도가 추울 테니까 무릎 담요를 어깨에 걸친다.

"리쓰도 깨우자."

문을 열고 신나는 기분으로 말했다. 이미 2시가 넘었으니까 소요 언니는 틀림없이 자고 있을 테지만, 절대 싫어하지 않을 것이다. 그리고 그 점은 시마코 언니도 잘 알고 있으리라.

"자니?"

노크를 하고 문을 열었다. 리쓰는 젤리피시의 노래를 들으면서 인형을 사포로 문대고 있었다. 커피와 접착제와 후끈한 공기가 뒤섞인 냄새가 난다.

"큰언니에게 전화해볼까 하는데."

리쓰는 고개를 돌려 우리를 보고는 미소 지었다.

"좋지."

그리고 책상 위에 놓인 스탠드를 끈다.

"너까지 그런 소리 하면 어떻게 해."

투피스 차림에 서류 가방을 껴안은 시마코 언니가 그렇게 핀잔을 준다. 그런데도 우리는 발소리가 나지 않게 줄줄이 아래층으로 내려갔다.

"형부가 받으면 어쩌지?"

시마코 언니가 소곤거린다.

"끊어버리지 뭐."

어두운 복도. 어두운 거실. 자신들의 모습이 우스꽝스러워, 우리는 키들키들 웃었다.

불을 켜고 전화기 하나에 고개를 맞대고, 우리는 언니에게 전화를 걸었다. 언제부터인가 이 집에서 모습이 사라진 우리의 언니에게.

번호를 누르고 발신음이 유난히 크게 울리는 동안, 우리는 숨죽이고 기다렸다.

"……여보세요."

소요 언니의 목소리. 나와 시마코 언니는 그만 환성을 지르고 말았다.

"여보세요? 언니?"

수화기 저편에서 소요 언니의 잠이 덜 깬 듯한—하지만 그래도 재미나다는 듯한—낮은 웃음소리가 들렸다.

우리는 번갈아 수화기를 들고 10분쯤 얘기했다. 다른 사람이 얘기할 때는 옆에서 멀거니 서 있었다. 소파에 앉아 윗몸이 들러붙을 정도로 몸을 낮게 구부리자, 창문 너머로 둥그런 보름달이 보였다.

겨울의 좋은 점 하나는 창문에 김이 서리는 것이다. 바깥이 추우면 추울수록 유리가 뽀얗고 차갑게 흐려진다. 물방울이 맺혀 흐르기도 한다. 공기는 나빠도 방 안은 따뜻하고 고요하고 고립되어 있다.

"어제, 언니가 뭐 주던?"

두 잔째 커피를 따르면서 엄마가 물었다. 저녁나절, 뽀얀 유리창 안쪽에서 우리는 커피를 마시고 있다. 자그마한 몸집에 회색 스웨터와 검은 바지를 입은 엄마는 발레 학원 선생님처럼 보인다.

"마롱 글라세."

내가 대답하자, 엄마는 순간적으로 동작을 멈추고는 네 언니답다며 정색하고 웃었다.

"엄마는?"

엄마가 끓여주는 커피는 아주 진하다. 그래서 나는 시간을 두고 천천히 마신다.

"뭘 거 같니?"

엄마는 재미나다는 듯이 웃고는, 두 발에서 슬리퍼를 벗어 보였다. 고무 제품인 듯한 핑크색 시트가 깔려 있었다. 마음대로 뗐다 붙였다 할 수 있는 것이라서 구두에든 슬리퍼에든 활용할 수 있단다.

"지압 효과가 있대."

그렇게 말하는 엄마의 표정이 더는 재미있어 보이지 않았다. 우리는 묵묵히 커피를 마셨다.

"아이 말인데."

밋밋한 말투로 엄마가 말했다.

"아이 말인데, 엄마 생각에는 그리 나쁠 것 같지 않아. 혼자서 키워보는 것도."

컵을 쥔 손은 조그맣지만 마디가 굵어 나이보다는 실적―아빠의 아내이며 우리 세 딸과 아들 하나의 엄마인 그녀가 우리 집안에서 쌓아올린 부동의 실적―이 느껴졌다.

"다만, 엄마는 왜 언니가 직접 아이를 낳지 않는 건지, 그게 이상해."

유리창 너머로 꽃을 쪼고 있는 동박새가 보인다.

"시마코 언니 생일에, 올해는 뭐 만들 거야?"

내가 묻자, 엄마는 고개를 갸웃거렸다.

"글쎄. 뭐가 좋을까."

"내 생일 때는 콩밥 지어줘."

나는 대뜸 말했다. 그리고 피아노 위에 놓인 시계를 본다. 네모난 금색 시계. 소요 언니가 대학을 졸업할 때 우등상으로 받은 것이다. 시계는 4시 5분을 가리키고 있었다. 유리창이 뿌얀 방 안에서는 시간도 잘 가지 않는다. 나는 리쓰를 기다리고 있다. 리쓰는 규칙적으로 생활하는 아이라서, 대개 5시가 좀 넘으면 돌아온다. 나는 웨스트의 크림색 캔을 열어 쿠키를 세 개 정도 먹었다.

"고토코."

엄마가 의지에 찬 목소리로 나를 불렀다. 엷게 화장한 옆얼굴이 무척 아름답다.

"은행이랑 책, 어느 쪽으로 할래?"

엄마가 일어나 테이블 위의 차 도구를 정리하면서 묻는다.

"책."

나는 그렇게 대답하고 짙은 커피의 마지막 몇 방울을 마셨다.

어렸을 때부터 엄마는 이렇게 우리에게 일을 거들게 했다. 단순한 일―은행을 까거나 만두를 빚거나 껍질콩을 손질하는―을 하는 엄마 옆에서 책을 읽는 것이다. 엄마는 그렇게라도 하지 않으면 시간이 아깝단다. 우리가 어렸을 때는 모두 이 '거들기'를 좋아했다. 밤송이나 억새를 찾으러 나가는 것보다 편했고, 책을 무척 소중히 여기는 엄마가 책을 대신 읽게 하는 것은 신뢰의 표시라고 여겼기 때문이다. 책을 가장 멋지게 읽는 사람은 소요 언니였고, 나머지는 대충 비슷했다. 리쓰는 목소리가 너무 작았고, 시마코 언니는 문장을 이상한 데서 끊어 읽는 버릇이 있었다. 나는 한자 때문에 갈팡질팡했다. 모르는 한자가 나와 적당히 짐작해서 읽으면 엄마는 금방 알아채고 호되게 꾸짖었다. 그러다 세월이 흘러서는 역할이 바뀌기도 했다. 우리가 무를 자르고 떡을 썰 때, 엄마가 옆에서 『적과 흑』, 『사양』, 『시험에 잘 나오는 영단어』를 읽어주곤 한 것이다.

"이거?"

내가 옆에 있는 책을 집어 들자, 엄마는 고개를 끄덕이며 말한다.

"책갈피 껴 있는 데부터 읽어."

엄마가 테이블에 신문지를 펼쳐놓고, 은행 껍데기를 펜치로 꾹 눌러 가른다. 탁, 타닥. 경쾌한 소리가 났다.

"본질적으로 반컴퓨터적인 DPT 기법으로 종이책을 제작하는 것도 그렇지만, CD-ROM에 소설을 수록하는 것이 가능한지도 검토해봐야 할 것이다."

탁, 타닥, 탁, 타닥. 엄마는 열심히 손을 움직인다.

"물론 나와 언니는 때가 되면, DPT 출판을 위해 저금했던 자금을 털어, 배달까지 해주는 조그만 반찬가게를 내려는 계획도 세우고 있다."

엄마는 그 구절에서 후훗, 하고 흥미롭다는 듯 웃었다. 실내는 난방 때문에 후끈후끈할 정도다. 나는 뜻도 잘 모르는 책을 소리 내어 읽으면서, 축축하게 젖은 유리창 너머로 하늘을 본다. 탁, 타닥 탁. 은행 껍데기를 가르는 소리가 여전히 들린다.

리쓰가 5시 2분쯤 돌아왔다. 감색 더플코트. 현관에 나갔다가 리쓰를 따라 2층까지 올라갔다.

"어서 와. 기다리고 있었어. 볼이 빨갛다."

어린 리쓰는 자기 방에 들어서자 가방을 내려놓고 코트를 벗고 가방에서 빈 도시락을 꺼냈다.

"왜 기다렸는데?"

CD 플레이어를 켠다. 소곤소곤 속삭이듯 애매한 여성 보컬의 목소리가 흘러나온다. 보나마나 영국 밴드이리라.

"돈 꿔달라고."

나는 단도직입적으로 말했다.

"역시, 그럴 줄 알았어."

리쓰는 씩 웃으면서 그렇게 말하고는 밖으로 나가 복도 끝에 있는 세면대에서 손을 씻고 세수를 하고 양치질을 한다.

"알았어. 얼마?"

나는 이렇게 때로 리쓰에게 돈을 꾼다. 말 그대로 나중에 출세하면 돌려주기로 하고, 돈을 빌릴 때마다 노트에 빠짐없이 기록해둔다. 리쓰와 나만의 비밀 노트. 연두색 표지에 검은 글자로 COMPOSITION BOOK이라 찍혀 있다.

"내일 소요 언니 만날 건데, 혹시 전할 말 있으면 전해줄게."

노트에 기록하면서 내가 말하자, 리쓰는 잠시 생각하고서 담담하게 말했다.

"그냥 잘 있다고 해줘."

"알았어. 전해줄게. 리쓰는 잘 있다고."

깔끔한 순면 커버를 씌운 리쓰의 침대에 걸터앉아 대답한다.

"하긴, 그래봐야 우리 금방 만날 거니까."

앞으로 한 달 반 정도는 가족 행사가 잇달아 있는 계절이다.

"그러네."

리쓰가 싱긋 웃으며 대꾸한다. 마치 달 아이처럼. 달 아이는 내 상상 속의 아이—랄까, 생물—로, 리쓰를 아주 많이 닮았다. 리쓰 그 자체라고 해도 좋을 정도다. 조그맣고 창백한 얼굴에 새하얗고 보드라운 옷을 입고 있다.

"고토코, 리쓰."

아래층에서 엄마가 불렀다. 은행이 다 볶인 것이다.

"네."

나는 큰 소리로 대답했다. 그리고 리쓰와 얼굴을 마주 보고는 타닥타닥 어린애 같은 발소리를 내며 계단을 내려가, 엄마가 기분 좋게 맥주를 마시고 있는 부엌으로 갔다.

저녁을 먹은 후에 나는 코트 주머니에 사과를 집어넣고 산책에 나섰다. 제법 큼지막한 사과라 주머니가 불룩해지고, 걸음을 옮길 때마다 허벅지에 툭툭 부딪쳤다. 오늘 밤에는 좀 멀리까지 갔다. 역까지 버스를 타고 가서 전철을 탔다. 그러고도 전철을 두 번이나 갈아탔으니까 산책이랄 수 없었지만, 목적지에 도착하면 그다음은 어슬렁어슬렁 걸어 다닐 뿐이라 내게는 역시 산책이다.

요즘 나는 공원 길을 쭉 걸어가면 맞닿는 공회당 앞 네거리 주변을 좋아한다. 조그만 동상 주위에는 평일에도 학생들이 우글거리고, 주말이면 술에 취해 휘청휘청 걸어 다니는 남녀 회사원 커플과 우뚝 서서 어쿠스틱 기타를 어설프게 연주하는 이인조와 길 건너에 있는 포장마차에서 산 다코야키를 대담하고 추악하게—그러면서도 부끄러운 듯이—먹으면서 걸어가는 중년 여자들을 볼 수 있다.

동상을 빙 두른 낮은 울타리에 걸터앉아 나는 사방을 관찰했다. 그리고 주머니에서 사과를 꺼내 베어 문다. 신기한 것은, 내가 거의 모든 사람들에게 호감을 품는다는 점이다. 할 일 없이 어슬렁거리는 동족들뿐만 아니라, 그저 지나가는 잡다한 사람들에게도 호감을 느낀다. 밤인 탓이다. 밤은 낮과는 전혀 다르다. 나는 다리를 바꿔 꼬고서, 싸늘한 바람을 타고 흘러오는 근처 패스트푸드점의 고기 냄새를 맡는다.

이런 곳에 이렇게 있어도, 적어도 내게는 아빠와 엄마가 말로는 하지 않아도 걱정하는 일—누가 말이나 시비를 건다든지, 누구에게 폭행을 당한다든지—이 벌어지지 않는다. 어쩌면 엄마는 실망할지도 모르겠지만, 술주정꾼 외에는 말을 거는 사람조차 없다. 밤에 활동하는 사람들은 의외로 예의가 바르다.

한참을 앉아 도청을 즐긴 후(내가 가장 좋아하는 것은 여고생들의 수다다. 가짜 털을 두르고 미니스커트를 입고, 건강한 다리에는 롱부츠를 신은 가깝고도 먼 여자들), 모퉁이를 오른쪽으로 돌아 느릿하게 걷는다. 주위에 갑자기 사람이 없어지고 시끌

시끌함도 멀어져 공기가 한결 투명하게 느껴진다. 덩달아 발걸음도 가벼워진다.

 어렸을 때, 아빠와 둘이 딱 한 번 밤 산책을 한 적이 있다. 어디를 가든 넷을 다 함께 데리고 가든지 아니면 아무도 데려가지 않기로 작정한 줄 알았던 공평한 아빠가 왜 그때는 내게만 같이 가자고 했는지, 게다가 산책을 하는 습관이 없는 아빠가 그 날은 어쩌다 산책에 마음이 동했는지 알 수 없지만, 아무튼 옛날에 딱 한 번 그런 적이 있었다. 제법 밤늦은 시간이었다고 생각한다. 우리는 주택가를 그저 정처 없이 걸었다. 열려 있는 가게는커녕 자판기 하나 눈에 띄지 않는 길을, 나는 아빠 손을 꼭 잡고 걸었다. 아빠는 그때, 산책에 익숙하지 않았다. 별이 총총했는데, 아빠는 엄마만큼이나 별자리를 잘 모르니까 똑바로 앞만 보고 묵묵히 걸었다. 올려다보니, 아빠의 미간이 씁쓸하게 주름져 있었다.

 사방이 점점 어둡고 조용해진다. 지나가는 차의 헤드라이트 빛만 밝게 움직인다. 낮게 드리운 집들의 그림자 너머로, 환하게 불 밝힌 건물이 추운 하늘에 성처럼 기이하게 둥실 떠 있다. 나는 다음 역까지 걸어가 다시 전철을 타고 돌아간다. 먹고 남은 사과를 주머니에 넣은 채.

소요 언니가 사는 아파트는 언제 찾아가도 반짝거리게 청소가 되어 있다. 현관과 화장실 구석에는 꽃, 복도는 미끄럼이라도 탈 수 있을 것 같다.

"간단해."

결혼한 지 1년 남짓한 언니는 수줍게 눈웃음을 치며 겸손을 떤다.

"단독주택만큼 넓지 않으니까 수월하고. 게다가 요즘은 편리한 청소 도구가 아주 많잖아. 닦고 광내는 걸 한꺼번에 할 수 있는 스프레이도 있고."

"흐음, 그렇구나."

특매품 고기와 멸치조림, 플라스틱 용기에는 돼지고기 굴 소스 찜, 비닐봉지 한가득한 은행. 엄마가 안겨준 음식을 테이블에 늘어놓은 나는 좁다란 베란다로 나갔다.

"날씨 참 좋다."

안 그래도 좁은 베란다에 에어컨 실외기와 빨래 건조대, 차조기와 파슬리, 루콜라를 심은 화분까지 자리 잡고 있어 더 좁다. 게다가 1층이라 전망도 좋지 않은데, 나는 왜 그런지 이 집에서 베란다가 가장 좋다. 방은 왠지 답답하다. 아파트란 곳에 살아본 적이 없어서인지도 모르겠지만, 그런 탓만이 아니라 방 안 공기가 눅눅하고 무겁게 느껴지기 때문이라고 생각한다. 모든 것에 두 사람의 취향이 배어 있고, 지나치게 신혼부부답다.

"무거웠겠다. 이렇게 많이 들고 오느라."

방에서 언니가 말한다.

"엄마에게 고맙다고 전해줘."

하얀 스웨터에 감색 플레어스커트와 감색 슬리퍼. 소요 언니는 늘 예쁘장한 차림이다. 머리핀까지 감색이다.

"메이플시럽 케이크 구웠어. 너 먹으라고."

"고마워."

나는 부엌 안으로 들어가 유리문을 닫는다.

"리쓰는 잘 있어."

전할 말이 생각나 그렇게 말하자, 소요 언니는 살짝 어리둥절한 표정을 지었다.

그리고 우리는 햇살이 비치는 거실에서 밀크티를 마셨다. 친구가 결혼 선물로 보내주었다는 찻잔 세트에는 파랑과 초록 꽃무늬가 그려져 있다.

"그런데, 어떻게 할까?"

바삭하면서도 달콤함이 촉촉하게 배어나오는 메이플시럽 케이크를 한 조각 입에 넣고서 나는 본론으로 들어갔다.

"해마다 그렇지만, 시마코 언니가 제일 까다로운 것 같아."

나는 열흘 후로 다가온 작은언니의 생일에 뭘 선물할지 의논

하기 위해서 여기 와 있다.

"스물네 살이 되니, 시마코?"

소요 언니가 새침하게 묻는다.

"응. 개띠니까."

"그렇구나."

그렇게 대꾸하며 환하게 웃는 소요 언니의 탐스러운 볼, 엷게 칠한 베이지핑크색 립스틱.

"그래서 말인데, 뭐로 할까?"

나는 같은 말을 되풀이한다. 소요 언니는 이상하다는 듯 웃었다.

"뭐로 하다니, 너, 생각해둔 게 있을 거 아냐?"

멍하게 보이지만, 소요 언니는 언제나 날카롭다.

"그렇지 않다면, 선물 때문에 일부러 이렇게 오는 거 이상하잖아."

나는 홍차를 꿀꺽꿀꺽 마셨다. 더 따라주려고 소요 언니가 엉덩이를 들고 찻주전자로 오른손을 뻗는다.

"뭐야?"

입장이 뒤바뀌었다.

"유모차가 어떨까 싶어."

할 수 없이 털어놓았다.

"유모차?"

"응. 유모차. 리쓰와도 의논했는데, 유모차를 선물하면 일거양득일 것 같아서."

"……일거양득이라니?"

소요 언니가 조심스럽게 묻는다.

"실용적이고 우리의 뜻을 전하는 셈도 되잖아?"

나는 그렇게 대답하고 소요 언니의 반응을 기다렸다. 네 평 정도 되는 거실의 북쪽 벽에는 파란 항아리에 빨간 꽃이 꽂힌 마티스의 평판화가 걸려 있다.

"아기를 데려오는 데 찬성한다는 뜻이니?"

마티스는 엄마가 좋아하는 화가다. 그림엽서가 담긴 조그만 액자 몇 개가 침실 창틀에 놓여 있다.

"그런 셈이지 뭐."

나는 유리창을 다시 열었다. 신선한 공기가 흘러들었다. 얇은 커튼이 흔들린다.

나나 리쓰나 아기에게는 관심 없다. 데려오든 데려오지 않든, 어느 쪽이든 상관없다.

"그런 셈?"

소요 언니가 되묻는다.

"응."

그래봐야 우리는 언제나 시마코 언니 편이다. 유모차는 그렇다는 것을 전할 수 있는 선물이라고 생각했다.

"……글쎄, 어떨지."

잠시 생각하는 표정이던 소요 언니가 조그만 목소리로 말했다.

"그래, 괜찮겠다, 유모차."

나는 배시시 웃는다. 소요 언니가 그렇게 말할 줄 알고 있었다. 우리는 애당초 반대라는 발상을 모른다.

좁은 베란다 가득 쏟아지는 햇살이 조금씩 기울기 시작했다.

11월의 마지막 날, 아빠가 아침에 돌아왔다.

진짜 아침이 아니라 밤 1시 50분에 들어왔지만, 엄마는 아빠가 사고를 당한 게 틀림없다며 법석을 떨었다. 그럴 만도 했다. 아빠는 매일 저녁 7시 45분쯤 역에 도착해서 전화를 걸고, 8시쯤에는 집에 들어선다. 늦을 만한 날에는 집을 나설 때 미리 그렇게 말했고, 도중에 일정이 바뀌면 그럴 때마다 전화를 걸어 알려주었다. 결혼한 후로 27년 동안을 죽 그렇게 살아와, 딸이 보기에도 너무 꼼꼼하고 답답하다 싶은 사람이다.

우리는 10시까지 밥도 먹지 않고 기다렸다. 회사와 소요 언니에게 전화를 걸고, 아빠와 사이가 좋은 삼촌에게도 전화를 걸어보았지만, 아무 정보도 얻을 수 없었다. 엄마는 리쓰더러 몇 번이나 역에 나가보라고 했다. 출퇴근길에 있는 응급실에 전화를 걸어, 아빠가 실려 오지 않았다는 것도 확인했다. 12시가 넘어 들어온 시마코 언니는 아빠가 아직 들어오지 않았다는 것을 알고는 놀라서, 엄마가 없는 틈에 우리 귀에 대고, 아빠가 증발한 거 아니냐고 심각하게 속삭였다.

결국 아빠는 무사히 돌아왔다. 택시를 타고 와 집 앞에서 내린 아빠는, 나란히 서 있는 우리를 힐금 보고는 딱 한마디를 던졌다.

"늦어서 미안하구나."

그리고 바로 침실로 올라갔다. 우리는 계단 아래에서, 그런 아빠를 불안한 표정으로 뒤따르는 엄마를 바라보았다.

다음 날, 아빠는 평소대로 일어나 평소대로 아침을—홍차 두 잔에 반숙 계란 하나와 바나나 한 개—먹고 출근했다. 엄마도 평소와 다르지 않아 보였다.

"아빠, 어제 일, 뭐라고 변명했어?"

엄마에게 그렇게 물어보았지만—나중에 알았는데 리쓰와 시마코 언니는 물론 소요 언니도(전화로) 각자 똑같은 질문을 했다고 한다—엄마는 시침 뗀 표정으로 생뚱맞게 대답했다.

"별일 없었나 봐."

별일 없었나 봐. 아빠가 엄마에게 그렇게 말했는지, 아니면 엄마가 우리에게 하는 말인지 판단하기 어려웠다. 우리의 엄마는 옛날부터 입이 무겁다.

"그보다 너, 웬일로 이렇게 일찍 일어났니?"

긴 의자에 앉아 텔레비전을 보면서 엄마가 도리어 물었다.

공격이 최고의 방어임을 아는 것이다.

"응, 밖에 좀 나가려고."

후카마치 나오토와 10시에 만나, 같이 강의를 듣기로 했다. 수강생이 많아 누가 몰래 숨어들어도 전혀 모른단다. 한껏 기분을 내어 노트와 볼펜도 가져간다. 고등학생 때 쓰던 것이다.

"우유 떨어졌으니까, 들어올 때 사 와."

바나나를 먹으면서 방을 나가려던 내게 엄마가 말했다.

들었던 대로 계단강의실은 아주 넓었다. 지금까지 수많은 학생이 스치고 지나갔던 흔적이 여기저기 남아 있는 짙은 갈색 책상과 의자가 메마른 냄새를 풍기며 묵직하게 강의실을 꾸미고 있다. 강단은 저 멀리 앞에 있다.

"이쯤에 앉을까."

후카마치 나오토가 뒤쪽 가운데쯤 의자에 앉았다. 나도 옆자리에 앉는다. 강의실 안의 남녀 비율은 남자 쪽이 조금 많아 보인다.

"기분이 좀 이상한데."

후카마치 나오토는 부산스럽게 백팩을 열고 『경제Ⅱ』라 적힌 책을 꺼내더니 내던지듯 내 앞에 놓으며 말했다.

"보고 싶으면 봐. 재미는 없지만."

"고마워."

나는 가방에서 사탕을 꺼내 후카마치 나오토에게 한 개 건네고 나도 하나 물고는 나머지를 책상에 투드득 떨어뜨렸다.

"먹고 싶으면 먹어."

우리는 얼굴을 마주하고 미소 지었다.

"따분해지면 자도 괜찮아. 이 강의하는 교수, 혼자서 떠드는 타입이니까."

후카마치 나오토가 여러 가지로 신경을 써줘서, 나는 묘하게 슬퍼졌다. '고마워'와 '괜찮아'의 반복.

"강의 끝나면 학생식당에 가자."

고개를 옆으로 숙이고 내 얼굴을 들여다보면서 후카마치 나오토가 힘내라는 듯 말했다.

창밖으로는 가지만 앙상하게 남은 가로수 길이 보인다.

이번 달의 첫 가족 행사에 소요 언니가 참석하지 않았다. 감기에 걸렸다고 한다.

"얼마 전에 만났을 때는 건강해 보이더니."

조그만 테이블에서 차를 마시고 메이플시럽 케이크를 먹으면서 유모차 얘기를 나눴다.

"심하지 않다고는 하는데."

엄마는 이제야 생각났다는 듯 그렇게 말했다.

"옮기면 안 되니까 조심하느라 안 온 거겠지. 소요는 괜한 걱정이 많은 성격이니까."

"올 감기는 주로 목이 아프대."

그렇게 말한 시마코 언니는 벽돌색 코트를 입고 있다. 보나마나 보너스를 타면 한꺼번에 지불할 수 있는 카드로 샀으리라.

"열이 오르는 경우도 있나 봐."

리쓰도 한마디 거든다.

"홍콩형하고 러시아형 감기래."

12월이 오면 모든 거리가 갑자기 활기를 띤다. 복작복작하고 어수선한 그 풍경 하나하나를 즐기기 위해 우리 가족은 모처럼 택시를 타지 않고 걸었다. 해마다 12월 첫째 토요일로 정해져 있는 크리스마스트리 사는 날. 올해에 산 크리스마스트리는 높이 160센티미터 정도에, 갈색 솔방울과 조그만 은색 틴슬 그리고 파란 리본으로 장식되어 있다.

"마음에 딱 드는 걸 찾아서 다행이다."

엄마는 몇 번이나 그렇게 말했다.

"아, 저 구두 귀엽다!"

시마코 언니가 쇼윈도를 보고는 눈을 번쩍 뜬다. 툭하면 걸음을 멈추니까 시간이 걸린다. 게다가 엄마는 서양 사람이 길거리에서 파는 장난감—고무로 된 조그만 인형으로 벽에 던지면 파닥파닥 돌면서 벽을 타고 떨어진다—이 마음에 들어 친구들에게 선물하겠다며 굳이 일곱 개나 샀다.

큰길을 그렇게 걷는 게 즐거웠다.

"큰누나도 왔으면 좋았을 텐데."

리쓰의 말에 아빠도 "그러게 말이다." 하고 말했다. 자동차의 흐름과 네온사인, 가로등과 신호등과 쇼윈도 불빛 바로 위에서 핫토리 시계(엄마는 와코 백화점의 둥그런 시계를 그렇게 부른다. 왜 그런지는 모르겠지만)가 9시를 가리키고 있었다.

왼손으로 포크를 사용하는 것 자체는 어렵지 않았다. 그 정도는 한 달쯤 연습하면 손쉽게 할 수 있다. 문제는 오른손이다. 오른손으로 접시의 테두리를 살짝 누르고 전체의 균형만 잘 잡으면 왼손을 멋들어지게 움직일 수 있다.

"아, 짜증나는 접시. 발로 누를 수 있으면 좋겠다."

나는 작은 소리로 옆에 앉은 리쓰에게만 들리게 말했다. 오른손을 마구馬具 무늬 스카프로 묶은 상태였다. 접시에 곁들여진

완두콩을 도무지 뜰 수가 없었다. 나는 영어를 잘 못하지만, 만약 영어로 말할 수 있다면 이럴 때 어울리는 스펠링 네 개짜리 말을 시원하게 뱉을 수 있을 텐데, 하고 아쉬워했다. 리쓰는 나를 힐금 곁눈질하더니 그저 난감한 표정만 짓고는 다시 식사에 집중했다. 나는 속으로 혀를 찼다. 뭐라고 위로해주기를 바랐던 것이다.

"고토코."

엄마가 불렀다.

"내일 설 선물 보내고 싶은데."

자세가 좋은 엄마는 앉아 있을 때도 등을 꼿꼿하게 펴고 있다. 우리 가족은 여자가 자세가 좋고, 아빠와 리쓰는 등이 굽은 탓에 식탁에 둘러앉으면 작고 초라해 보인다.

"알았어."

나는 완두콩은 포기하고, 대신 리쓰가 썰어준 얇은 송아지 커틀릿—고기 사이에 치즈가 들어 있다—을 포크로 찍었다. 작년까지는 추석과 설 선물을 살 때 소요 언니가 같이 나섰는데, 올해부터는 그 역할을 내가 물려받았다.

"너도 보내고 싶은 사람 있으면, 그 사람 주소 챙겨 가."

"난, 큰언니랑 작은언니랑 리쓰."

얼른 그렇게 대답했는데, 묵살당하고 말았다.

우리는 오래전부터 추석과 설날 선물을 엄청 좋아했다. 이때의 우리란 형제 네 명을 뜻한다. 엄마와 아빠는 그다지 반기는 것 같지 않지만, 그래도 누가 보내주면 받지 않을 수 없고 또 받은 이상은 답례하지 않을 수 없다. 그 시기가 되면 우리는 현관에 하나 둘 쌓여가는 상자를 보며 흥분한다.

물론 과자류나 과일도 반가웠지만 우리가 가장 기다렸던 것은 조미료나 식용유 세트, 김, 종이 상자 속에 번쩍거리는 화려한 천이 깔려 있고 그 안에 묻힐 듯이 담겨 있는 게살과 연어 모둠 세트 그런 것들이었다. 반대로 가장 경멸한 것은 여름에는 촌스런 시트나 홑이불과 맥주 상품권, 겨울에는 멋대가리 없는 시클라멘과 포인세티아였다.

또 추석과 설 선물에는 '바바'가 있었다. 바바는 겹친 선물을 가리킨다. 어떤 때는 소면, 어떤 때에는 햄이 바바였다. 그런 해에는, 누가 뭘 보내줬다 싶으면 소면이고 햄이었다. 우리는 학교에서 돌아와 현관에 바바가 쌓여 있는 것을 보면 배꼽을 잡고 웃으면서 보낸 사람을 비웃었다. 그 독창적이지 못한 발상과 나쁜 운을.

"막내 누나."

어느 틈에 식사를 끝낸 리쓰가 그릇을 부엌으로 옮기면서 나직하게 말했다.

"완두콩은 두 손으로 먹는 게 좋겠어."

다음 날, 나와 엄마는 오전에 백화점에 가서 설 선물을 보냈다. 특설 매장은 혼잡했지만, 한꺼번에 진열돼 있는 온갖 식료품과 일용잡화 사이를 헤치며 지나다니는 게 재미있었다. 갖가지 냄새가 났다. 냄새는 신기하다. 코로 들어와 온 몸으로 퍼져서, 사람을 기운 나게 한다. 나는 백화점에서 나는 냄새를 좋아한다. 특설 매장의 냄새도, 커다란 통에 든 연어 식혜 냄새도, 스쳐 지나가는 사람들의 코트 냄새도.

"고토코, 너 코 좀 킁킁거리면서 다니지 말아라."

볼일을 끝내고 에스컬레이터를 타러 갈 때, 엄마는 뒤도 돌아보지 않은 채 말했다. 녹색 코트를 입은 조그만 뒷모습.

"네에."

고개를 숙이고 나는 할 수 없이 대답한다. 아주 작은 어린애처럼.

엄마가 윌리엄에게 줄 선물을 사겠다기에, 우리는 옥상으로 올라갔다. 에스컬레이터가 7층까지만 운행되기 때문에 마지막 한 층은 계단으로 올라갔다. 널찍한 크림색 계단은 싸늘한 데다 그곳만 이질적인 정적에 싸여 있어 이 세상이 아닌 곳으로 이어지는 느낌이었다. 앞서 걷는 엄마의 호리호리한 종아리와 단단한 가죽구두. 뛰어 쫓아가보니 엄마는 조그만 소리로 콧노래를 흥얼거리고 있었다.

문을 밀고 밖으로 나갔다. 구름 낀 하늘이 낮게 내려앉아 있었다. 어디선가 모닥불을 피우는 것 같은 겨울 낮의 냄새. 벤치에서 중년—초로라고 해야 할지도 모르겠다—의 여자가 샌드위치를 먹고 있다. 나는 신선한 공기를 가슴 깊이 들이마셨다.

"참 조용하다."

엄마가 그렇게 말하고, 타박타박 걸어 반대쪽 난간으로 갔다. 한 손에는 윌리엄을 위한 종이 꾸러미를 들고 있다. 엄마는 사료 한 봉지와 시소 한 대를 샀다. 라벨에 양 볼이 볼록한 햄스터 그림이 그려진 '너티 파이버'란 이름의 사료였다. 그야말로 영양 만점일 것 같았다. 시소는 빨간 받침대에 파란 널이 달린 소박한 것이었다.

"아, 상쾌하다."

나는 고개를 살짝 쳐들고 깡충거리듯 걸으면서 엄마를 따랐다. 주위 풍경은 거의 무채색이었다. 잉어가 노니는 인공연못도, 어린애들용 놀이 기구도 없는 옥상은 휑하니 넓고 자유로웠다.

"어머. 얘, 저기 좀 봐."

거무튀튀한 철망 너머로 큰길을 내려다보면서 엄마가 말했다.

"저 사람, 네 큰언니 비슷하지 않니?"

엄마가 가리키는 언저리에 신호가 바뀌기를 기다리는 사람들이 잔뜩 서 있었다.

"……글쎄, 그런 것 같기도 하고."

말은 그렇게 했지만, 너무 멀어서 얼굴은커녕 엄마가 가리키는 사람이 누구인지도 알 수 없었다.

"저 사람은 아빠 닮았고. 봐, 모자 저렇게 쓴 거 하며."

엄마가 또 말한다. 철망에 얼굴을 바짝 붙이고, 추위에 얼어붙은 하얀 손가락으로.

"엄마, 초등학생 같다."

내가 그렇게 말하자 엄마가 고개를 돌렸다.

"얘는, 농담 아니야."

아주 정색한 얼굴이었다.

집으로 돌아가자, 현관에 시마코 언니의 하이힐이 있었다. 나와 엄마는 얼굴을 마주 본다.

"시마코? 벌써 왔니? 조퇴하고 온 거야?"

계단 밑에서 엄마가 소리를 질렀지만, 대답은 없었다. 나는 발치에 나뒹구는 시마코 언니의 하이힐—옅은 베이지색에 클립식 리본이 달려 있는—을 물끄러미 내려다보았다. 뼈만 앙상하게 길쭉하고 엄지발가락이 툭 불거진 시마코 언니의 발 같은 구두었다.

골치 아픈 일이 생긴 것이다. 틀림없었다. 나와 엄마는 또 얼굴을 마주 본다.

"시마코는 착한 아이야."

엄마는 한숨을 쉬고 코트 단추를 풀면서 맥없이 중얼거렸다. 그러고는 점차 말에 힘을 주면서 도전적으로 말했다.

"그럼, 그렇고말고. 그렇게 착한 아이가 없지."

그 순간, 나는 뭐라 대꾸하면 좋을지 난감했다. 맞는 말이었지만, 난감했다. 시마코 언니처럼 좋은 사람은 없다. 그것도 시마코 언니는 아주 알기 쉬운 의미에서—그러니까 그야말로 본질적으로—좋은 사람이라서 아무도 위로할 방법이 없다. 마치 행복한 왕자 같다. 점점 불행해진다.

저녁 먹을 시간이 되었는데도 시마코 언니는 내려오지 않았다. 올라가 방을 들여다보니, 침대에서 몸을 웅크리고 속이 안 좋다고 했다. 간간이 신경질적인 오열이 복도까지 흘러나왔다.

"오랜만이네, 누나 저러는 거."

복도 벽에 등을 대고 무릎을 껴안고 앉은 채로 코코아를 마시면서 리쓰가 말한다.

"그러네. 지난번에 남자에게 차인 후로 처음이니까."

옆에 나도 같은 자세로 앉으면서 말한다. 우리는 두 손으로 따끈한 컵을 쥔 채 각자의 마음속 기억을 더듬는다. 그게 아마 지난 2월이었지…….

"열 달 만이네."

나보다 약간 계산이 빠른 리쓰가 말했다.

저녁 먹을 때 마침 집에 돌아온 아빠가 전후 상황을 듣고는 미간을 찡그리며 삐그덕삐그덕 계단을 올라가 시마코 언니를 혼냈다. 혼내기보다 설득하려는 의도였는지도 모른다. 그런 때면 아빠는 특유의 씁쓰름한 표정을 지으며 짜증스러운 말투로 말한다.

"그만 좀 하거라."

시마코 언니의 방에서 아빠는 그렇게 말했다.

"몸이 아프면 병원에 가야지. 안 갈 거면 내려와 밥 먹고."

아빠가 화를 낼 때, 옛날 같으면 우리 모두는 겁을 먹었다. 아빠의 말은 독립적이고, 무거우면서도 강했다. 옛날 같으면.

"……."

언제부터였을까. 감정을 드러내어 말한 후면 아빠는 늘 난처한 듯 떨떠름한 표정을 짓기 시작했다.

시마코 언니는 아무 대꾸도 하지 않았다. 침대에서 윗몸만 일으켜 등에 베개를 대고 앉아 돌 같은 얼굴로 아빠를 노려보았다. 옆에 나와 엄마와 리쓰가 서 있었지만, 아무도 아무 말 하지 않았다.

아마도 평소에는 시마코 언니 방에 들어가지 않는 탓이리라. 그 방에서 키가 큰 아빠가 눈을 껌벅거리는 모습은 몹시 어쭙잖았고 압도적으로 고립적이며 불리했다. 아빠는 다시 발소리를 울리며 1층으로 계단을 내려갔다.

"가족들에게 진짜 뭘 못 숨기는 사람이다."

컵을 만지작거리면서 리쓰가 우습다는 듯 말한다. 그 목소리가 상냥해, 나도 덩달아 씩 웃었다.

"그러게 말이야."

눈 앞에 있는 문은 짙은 갈색으로 빛나고, 나뭇결도 무척 예뻤지만 이미 싫증나고 말았다. 오열은 잠잠해지나 싶으면 되살아나 귀에 거슬리는 가늘고 높은 소리로 계속되었다. 이제 마지막 단계인 것이다.

"작은언니!"

나는 껴안고 있던 무릎을 쭉 펴서 발로 문을 쾅 차면서 말했다.

"아직 멀었어?"

기다리다 지친 것이다. 리쓰가 허리띠에 매단 해병대 무늬 조그만 천 주머니에서 껌을 하나 꺼내주었다.

"사탕은 없니?"

그렇게 묻자 동생은 주머니 안을 주섬주섬 뒤져 비닐에 싸인 조그만 막사탕을 꺼내주었다. 빨갛고 반투명한 굵은 설탕이 묻은 사탕이다.

"태풍 캠프 같네."

나는 사탕을 우물거리면서 말했다. 태풍 캠프는 우리가 좋아하는 놀이 중 하나다. 태풍—또는 큰 비가 쏟아지거나 바람이 몹시 불거나 지진이 나거나 정전이 되었을 때—이 왔을 때, 모두들 책상 밑에 비집고 들어가 캠프(흉내)를 하는 것이다. 라디오를 듣고 봉지에 든 과자를 먹고, 손전등 불빛으로 책을 읽는다. 그런 평소와는 다른 사건을 우리는 무척 좋아했다.

문이 열리고 시마코 언니가 수척해진 얼굴을 내밀었다. 유령 같다. 눈은 퉁퉁 부어 있고 콧잔등은 빨간 안쓰러운 모습인데, 어떻게 된 일인지 눈썹을 검게 그리고 빨간 립스틱까지 바르고 있다.

"언니!"

벌떡 일어나 가엾은 언니를 껴안고 얼른 방 안으로 들어갔다.

"아, 따뜻하다."

달짝지근한 냄새. 후끈할 정도로 난방이 들어와 있다.

"나, 침대 들어가도 돼? 발이 꽁꽁 얼었어."

나는 그렇게 묻고, 살구색 스프레드가 반쯤 접혀 있는 시마코 언니의 침대로 기어 올라갔다. 고개를 끄덕인 시마코 언니는 다음 순간 볼만할 정도로 미간을 찡그리고 비극적인 형상을 한 채 흑흑 흐느껴 울기 시작한다. 부드러운 옅은 분홍색 시트는 시마코 언니의 체온이 남아 따스했다.

"언니도 들어와."

나는 이불을 절반 들추고 말했다. 울 때면 시마코 언니는 정말 고통스럽게 운다. 이를 악물기 때문이라고 생각한다. 울음을 멈추려고 억누른 오열이 흑, 흐흑, 큭, 크큭, 하고 고조되는 모습은 압권이다. 베개 옆에 투명한 액체가 조금 남은 유리병이 나뒹굴고 있었다. 달짝지근한 냄새는 그곳에서 나는 듯하다. 라벨에 살구 그림과 VODKA란 글자가 보인다.

"이거, 병째 마셨어?"

마치 금주법 시절의 서부 여자 같다. 프릴이 풍성한 페티코트하며. 시마코 언니는 좀처럼 울음을 그치지 않는다.

"독이야, 그렇게 우는 거."

보다 못한 리쓰가 말했다. 리쓰는 시마코 언니의 화장대 의자에 앉아 두 손을 가지런히 무릎에 올려놓고 있다. 여느 때와 같다면 슬슬 얘기를 시작해도 좋을 타이밍이었다.

"아빠가."

시마코 언니가 내 옆으로 파고들어와 이불을 가슴까지 끌어올리면서 말했다.

"아빠가?"

설명하자니 감정이 뒤엉키는지 시마코 언니는 또 고통스럽게 얼굴을 찡그리고 흐느껴 울었다. 시마코 언니의 두 동생은 참을성이 많아야 한다.

때로 경련하듯 울음을 터뜨렸다가는 침묵하고, 또 갑자기 침대에 푹 엎드리면서 시마코 언니가 드문드문 한 얘기는 아주 간단한 내용이었다. 구스이 미야코 씨가 낙태하기로 결심했단다.

내 아기인데, 하고 시마코 언니는 말한다. 나와 리쓰는 아무 대꾸도 하지 않았다. 시마코 언니는 납작한 가슴을 떨면서 쥐어짜내듯 운다.

미야코 씨의 낙태와 우리 아빠가 무슨 관계가 있는지에 대해서는 다음 날 아침이 되어서야 알 수 있었다. 화창하고 아름다운 아침이었다. 엄마는 소파에서 홍차를 마시면서 〈미녀와 야수〉 비디오를 보고 있었다. 장 마레가 출연한 영화다.

"일찍 일어났네."

물론 그렇게 이른 시간은 아니었지만, 엄마는 나를 보자 그렇게 말했다. 화면에 눈을 고정한 채.

"엄마는 그 영화 좋아하더라."

평소대로 현관에 세 식구의 슬리퍼가 놓여 있는 것을 보니 시마코 언니는 출근한 모양이다. 보나마나 볼은 홀쭉하게 꺼지고, 퉁퉁 부은 눈두덩을 가리려고 마스카라를 짙게 칠해 딱할 정도로 눈가를 강조했으리라.

커피를 끓이고 사과를 먹고 있는데, 엄마가 보는 비디오가 끝났다. 아주 오래전 영화인데도 사람의 마음을 부추기는 행복한 음악과, 물 흐르듯 화려한 FIN이란 글자. 평소의 엄마 같으면 이쯤에서 만족스럽게 한숨을 쉰다. 그런데.

"미야코 씨 일, 오늘 아침에 네 언니에게서 들었어."

한숨 대신 엄마가 흐리멍덩하게 말했다.

"……그랬어."

"네 언니, 마치 스키야키 냄비에 남은 밀개떡처럼 비참한 얼굴이더구나."

사과는, 씹으면 씹을수록 입안에서 아삭아삭 잘게 부서진다. 딸기나 포도, 그레이프 프루츠와 다른 점이다.

"어쩌겠니."

표정을 읽을 수 없는 얼굴로 엄마가 말했다.

"물론 아빠가 그럴 생각으로 어르신까지 만난 건 아니고, 그러니까 네 언니도 어제저녁에 아빠에게 아무 말 못한 거겠지만, 어쩔 도리가 없지. 달리 방법이 없는걸 뭐."

마지막에는 거의 혼자 중얼거리듯 말한다.

"어르신?"

내가 묻자, 엄마는 뜻밖이라는 표정을 지었다.

"작은언니가 엊저녁에 말 안 하던?"

나는 고개를 끄덕였다. 아침 식사의 마무리로 선반에 있던 '사사마'의 모나카를 두 개 먹는다. 엄마가 미소 지었다.

"작은언니도 너처럼 무던했으면 좋으련만."

이런 때, 엄마의 말에는 가시도 거짓도 없다.

"그러게."

그래서 나는 그렇게 대꾸하고는 무던하게 미소를 머금는다.

"양자로 들이자고 하더라."

마당을 보며 엄마가 말했다. 동백나무에 햇살이 비치고 있다.

"작은언니가 그 아이를 키우고 싶다니까, 법적으로 정당한 절차를 밟아 데려와야 한다고 말이야."

나는 엄마의 옆얼굴을 쳐다보았다. 의지에 차 있고 온화하면서도 한없이 슬퍼 보이는 얼굴.

"아빠답네."

아빠 얘기를 할 때면 엄마는 늘 그런 표정을 짓는다.

"그날 밤에."

엄마는 손에 쥔 잔을 소리 없이 흔들었다. 싸늘하게 식은 홍차가 흔들린다.

"왜 아빠가 아침에 돌아왔던 날 있잖아. 아빠, 그 부탁하러 미야코 씨의 부모님을 만나러 갔다 왔나 봐. 그런데 부모님은 미야코 씨의 임신 사실을 전혀 모르고 있어서 한바탕 소동이 벌어졌대."

그렇게 말하고 엄마가 희미하게 웃었다.

"하기야 그럴 만도 하지."

어쩌 남 얘기를 하는 듯한 말투였다.

"그런데 작은언니는."

갑자기 목소리를 낮춘 엄마가 난감한 표정으로 나를 물끄러미 본다.

"작은언니는, 미야코 씨가 낙태하기로 결심한 거, 아빠에게는 비밀로 해달래. 자기 탓이라고 생각하면 안 된다고. 그런데, 네가 이해할 수 있을지 어떨지 잘 모르겠지만, 엄마는 아빠에게는 절대 아무것도 숨기지 못하는 성격이야."

아내잖아, 하고 엄마는 말했다. 아무 부끄럼 없이, 그래야 도리지 하는 표정으로.

오후, 오랜만에 세탁소 집 딸에게서 전화가 왔다. 후카마치 나오토의 친구인 남자와는 헤어졌다고 한다. 세탁소 집 딸의 목소리는 태평하고 건강하게 들렸다.

"왜 헤어졌는데?"

별 관심도 없지만, 그렇게 물었다.

"글쎄, 잘 모르겠어."

세탁소 집 딸은 솔직하게 대답한다.

"잘은 모르겠지만, 그 사람, 내 운명의 남자는 아니니까. 그것만은 분명해."

그렇게 말하면서 깔깔 웃는다. 헤어짐에서 오는 타격은 전혀 없는 듯했다.

"남자 친구라는 거 참 멋져. 있는 동안에는 재미있고, 없어지면 후련하고."

세탁소 집 딸은 그런 말을 서슴없이 한다.

"어디 좋은 남자 있으면, 이번에는 네가 소개해줘."

나는 세탁소 집 친구를 다시 봤다. 시마코 언니도 이렇게 마음이 대범하면 좋을 텐데.

저녁때, 목욕을 하면서 '요괴인간 뱀 베라 베로' 노래를 흥얼거렸다. 어렸을 때, 시마코 언니와 내가 좋아했던 만화영화다. 우리는 둘 다 요괴를 동경했다. 그 추악함을 그리고 그 강한 마음을.

시마코 언니는 아직도 그 장소에 있는지도 모르겠다.

공기가 투명하고 쨍쨍한 아침. 그 도넛 가게는 역 반대쪽에 있지만 나는 버스를 타지 않고 걸었다. 선로 밑을 지나는 지하 통로를 빠져나가면 시야가 확 트이면서 풍경이 움직이기 시작한다. 버튼을 눌러 일시정지 상태를 해제한 비디오처럼. 무수한 색깔과 무수한 소리. 나무와 바람과 걸어가는 사람들. 서 있는 자전거에 햇살이 반사되어 눈부시다.

나는 마음이 설렜다. 아침에는 늘 기분이 좋지만, 그래서만은 아니다. 이렇게 가까운 곳에서 후카마치 나오토를 만난다는 것이 신나고, 날씨가 좋다는 것도 도넛을 먹을 수 있다는 것도 기뻤다.

"안녕."

가게 안은 환하고 푸근하고, 도넛과 소시지 롤과 커피 냄새가 났다. 유리창에는 분홍색 로고.

"안녕."

카운터 자리에 앉은 후카마치 나오토가 싱긋 웃었다. 아이보리색 쟁반에는 기름얼룩이 살짝 묻은 파라핀 종이와 커피가 찰랑찰랑하게 담긴 컵(보나마나 두 잔째일)이 놓여 있다.

"날씨 참 좋네."

차분하게 말하고서 내가 목도리를 풀고, 벗은 코트를 둘둘 감아 옆 의자에 놓는 동안, 후카마치 나오토는 그런 내 모습을 재미나다는 듯 보고 있었다. 내가 좋아하는 냉장고색 트레이너를 입고 있다.

나는 코트 주머니에서 꺼낸 지갑만 들고서 도넛을 고르러 입구 쪽으로 가다가, 문득 생각나 다시 돌아갔다.

"한 번 더 먹을래?"

후카마치 나오토는 순간적으로 이상하다는 표정을 지었지만, 이내 미소를 띠고는 "응." 하며 자리에서 일어섰다. 나는 정말 기뻤다. 내가 생각해도 어이없을 만큼 기뻐서, 놀랍게도 도넛이 진열된 유리 케이스 앞으로 뛰어갈 뻔했다. 후카마치 나오토는 친절하다.

이런 장소에서 시간은 언제나 졸린 것처럼 고요하게 흐른다. 목욕물이 소리 없이 느릿느릿 끓듯이. 우리는 각자가 산 도넛(나는 세 개, 후카마치 나오토는 두 개)과 커피를 같이 먹으면서 두서없는 대화를 한껏 나누고, 미소를 머금고 서로를 바라보고,

때로 창밖을 바라보고 때로 침묵하며 지냈다. 후카마치 나오토와 있을 때의 멀고도 가까운 느낌이 좋았다.

"오후에 다시 만날 수 있을까?"

마지막 도넛을 먹고서 종이 냅킨으로 손가락을 쓱쓱 닦고 있는데, 후카마치 나오토가 불쑥 물었다.

"오후?"

고개를 들었더니, 후카마치 나오토의 눈길과 마주쳤다. 본다기보다 감싸는 듯한 눈길. 햇살 같다고 생각했다.

역까지 걸어가는 길에 우리는 오늘의 두 번째 데이트 시간과 장소를 정하고, 개찰구에서 손을 흔들며 헤어졌다. 금방 또 만날 거라고 생각하자, 아주 묘한 기분이 들었다.

돌아갈 때는 버스를 탔다. 운전사 자리 바로 뒤에 앉았다. 리쓰가 좋아하는 자리다. 모퉁이를 돌아 좁은 길로 들어설 때면 진짜 스릴 있는 자리. 리쓰는 초등학교 졸업 문집에 장래 희망을 버스 운전사가 되는 것이라고 썼다.

엊그제, 시마코 언니와 리쓰의 생일 축하 파티를 했다. 엄마가 솜씨를 부려 닭고기와 파인애플 소테(시마코 언니가 좋아한다)와 볶음밥(리쓰가 좋아한다)과 큰실말 식초무침(역시 리쓰가 좋아한다)을 만들었다. 가족 모두가 자리를 함께 했는데도 왠지 분위기가 무거워 조금도 신나지 않았다. 리쓰는 원래가 말이 많은 성격이 아니고, 시마코 언니는 그 일 이후로 완전히 의기소침해져서, 피부병과 우울증을 한꺼번에 앓고 있는 고양이처럼 몰골이 스산하다. 게다가 소요 언니까지 평소와 달리 생각이 다른 곳에 있는 사람처럼 멍했다.

식사가 끝난 후에는 각자가 좋아하는 음료(아빠와 나는 커피, 엄마는 브랜디, 소요 언니와 리쓰는 홍차, 시마코 언니는 티오페페)를 마시면서 축하의 말 한마디씩과 함께 선물을 건넸다. 물론 유모차는 취소되었다.

"내년도 좋은 한 해였으면 좋겠다."

내가 말하자,

"그럼, 그렇게 될 거야."

하고 엄마가 자신만만하게 말했다.

"음악 틀어도 돼?"

리쓰가 묻고, 몇 초 후에는 사이키델릭한 기타 소리가 방에 흘렀다. 아빠가 거북하다는 듯이 몸을 움직인다.

나는 내 손으로 끓인 엷은 커피를 마시면서, 마음속으로 스물세 살의 시마코 언니와 열네 살의 리쓰에게 작별을 고했다. 두 번 다시 만날 수 없는.

맞접는다→화살 모양으로 주머니 접기→뒤쪽도 주머니 접기

→점선을 따라 안쪽으로 접어 내린다→점선을 따라 위로 아래로 접는다→①과②를 차례로 접는다→안으로 접어 넣는다→접어 내린다→점선을 따라 접어 올린 후 좌우 삼각형으로 접어 올린다→손을 접어내리고, 다리를 가볍게 뒤로 접은 후 좌우 삼각형을 화살 모양으로 접는다→완성. 이건 고릴라.

주머니 접기로 접어 올린다→뒤쪽도 주머니 접기로 접어 올린다→뒤집어 한쪽을 접어 올리고 다른 쪽은 접어 내린다→완성. 이건 바람개비.

종이접기는 기분이 착 가라앉는 놀이다. 특히 처음 접어보는 것일 때는 책의 지시를 충실히 따르는 게 중요하다. 그렇게 집중하다보면 머리가 텅 빈다.

언젠가 그런 말을 소요 언니에게 했더니, 그럼 과자 만드는 거랑 똑같네, 라고 했다. 그럴지도 모르겠다. 사람마다 각기 다양한 방식이 있다.

거북과 스님, 고릴라와 바람개비를 접고 동백꽃을 접는데 엄마가 들어왔다. 볼이 발갛게 상기되어 있다.

"이리 좀 와봐. 잠깐이면 되니까, 얼른."

엄마는 그렇게 말하더니 앞서서 자기 방으로 돌아갔다. 나는 묵묵히 따라갔다. 엄마는 문 앞에 서서, 잠시 뜸을 들이고는 살며시 손잡이를 돌렸다. 소리 나지 않게, 조심조심.

"저기, 봐봐."

엄마의 시선 끝에 윌리엄의 우리가 있었다. 엄마의 침대 위다. 정오를 갓 지난 방 안은 밝고, 난방이 적당히 들어와 따뜻하고, 마치 그 방만 진공 상태인 것처럼 고요했다.

윌리엄은 자고 있었다.

우리 구석에 놓인 종이 상자, 헝겊 조각을 깔아 만든 소박한 침대에 조그만 손발을 웅크리고 발랑 누워서. 조그맣고 동그스름하고 따뜻해 보이는 뽀얀 살색 배가 숨소리에 맞춰 희미하게 오르내린다. 안 그래도 조그만데 더 조그만 얼굴, 꼭 감은 눈과 똑바로 솟은 수염.

나는 카펫에 무릎 꿇고 앉아 숨죽이고 그 모습을 쳐다보았다.

"늘 이렇게 자?"

나는 윌리엄의 사랑스러움에 가슴이 벅찼다. 엄마가 고개를 젓는다.

"아니. 평소에는 더 조심스럽게, 배를 깔고 자지."

"그런데 오늘은 왜 이렇게 자?"

엄마가 어깨를 으쓱했다.

"글쎄다."

어린 시절, 우리 형제는 질문하기를 무척 좋아했다. 알고 싶어서 묻는 게 아니라, 어른이 뭐라 답하기 어려운 질문을 생각해내는 자체를 놓고 경쟁했던 것 같다.

사람은 왜 죽어, 병은 왜 걸리는 거야, 아빠는 언제 죽어. 죽으면 어디로 가는데. 카카오매스가 뭐야, 레시틴이 뭔데, 폴리덱스트로스는 뭐야, 불륜은 뭐하는 거야. 왜 잘 사는 사람과 가난한 사람이 있는 건데, 왜 귀여운 아이랑 귀엽지 않은 아이가 있는데.

아빠와 엄마는 어린애 속임수 같은 대답은 하지 않았다. 다만 너무 시끄럽게 물어대면, 아빠는 골치가 아프다는 듯 얼굴을 찡그리고 이렇게 말했다.

"좀 조용히들 하고 기다려봐. 지금 생각하고 있으니까."

엄마는 언제나 태연하고 느긋하게, 글쎄, 왜 그럴까, 엄마는 잘 모르겠는데, 라는 말로 얼버무렸다.

"하늘이 파라네."

나는 윌리엄의 우리 앞을 떠나 창가에 서서 밖을 바라보았다.

"엄마, 저 구름 좀 봐. 참 예쁘다."

더없이 새하얀, 의지가 느껴지는 구름이었다.

아래층에서 귀에 익은 소리가 들렸다. 현관이 열리는 소리다. 현관문은 아주 무거워서, 아무리 살짝 열어도 철컥하는 묵직한 소리가 난다.

"시마코가 또 온 건가."

엄마가 걱정스러운 목소리로 말했다. 아직은 아무도 돌아올 리 없는 시간이다. 벽장을 여는 소리, 그 안에서 슬리퍼를 꺼내는 소리.

 소요 언니다.

 나는 확신했다. 엄마에게 그렇게 말하자, 엄마는 고개를 갸웃거렸다.

 "연락도 없이 이렇게 불쑥? 성격이 꼼꼼해서, 미리 약속을 했을 때에도 떠나기 전에 반드시 전화를 걸어 '지금 출발해요, 한 시간쯤 걸릴 거예요' 하는 큰언니가?"

 나는 고개를 끄덕였다. 벽장에서 꺼낸 슬리퍼를 바닥에 내려놓을 때, 선 채로 아무렇게나 탁 떨어뜨리지 않고 몸을 구부려 살며시 내려놓는 사람은 우리 집안에 소요 언니뿐이다.

 발소리가 복도를 지나 부엌으로 들어갔다.

 "케이크다!"

 나는 가볍게 발을 구르고, 엄마 방에서 나와 계단을 내려간다. 소요 언니는 늘 케이크를 구워 선물로 들고 온다.

 "큰언니가 온다는 말도 없이 왔단 말이야?"

 엄마는 여전히 미심쩍어했다.

 소요 언니는 부엌에 서 있었다. 풍성한 베이지색 터틀넥 스웨터에 길이가 긴 검정 플레어스커트를 입고 검은 타이츠를 신고 있었다.

"큰언니, 왔네."

나는 그렇게 말하고 엊그제보다 더 멍해 보이는 언니를 쳐다보았다.

"어, 그래."

소요 언니가 돌아보며 미소 짓는다.

"차, 끓일까 싶어서."

나는 주전자를 불에 올려놓으면서 말했다.

"홍차? 녹차?"

언니가 녹차라고 대답하기에 나는 테이블에 찻잔과 찻주전자와 거름망을 늘어놓았다. 매화꽃 그림이 그려져 있는 소요 언니의 찻잔.

"소요니?"

문이 열리고 엄마가 얼굴을 들이밀었다. 소요 언니는 또다시 웃는 얼굴을 보이며 말한다.

"네, 왔어요."

이상한 느낌이었다. 세 사람 모두 아무 말 없이 멀거니 서 있고, 마당에는 또 동박새가 놀러와 있다. 쉭쉭, 물 끓는 소리가 크게 울렸다.

후카마치 나오토와는 4시 반에 메이지야 앞에 있는 기묘한 공간에서 만나기로 했다. 묘하다고 한 이유는 벤치라기보다 등받이가 없어 평상처럼 보이는 의자가 몇 개나 놓여 있고, 간이매점 같은 전통과자 가게와 당근을 주재료로 하는 주스를 파는 가판대가 있어서다. 전에도 한 번 와본 적이 있다.

내가 5분 늦게 그곳에 도착했을 때, 후카마치 나오토는 아직 와 있지 않았다. 그래서 나는 그 평상 같은 벤치에 앉아 소요 언니를 생각했다.

가출이다. 틀림없다. 적어도 오늘은 돌아가지 않을 것이다. 그렇게 생각하는 까닭은, 집을 나서기 전에 봤기 때문이다. 현관 벽장에 조그만 여행 가방이 들어 있었다. 수수한 색깔의 체크무늬 아니에스 B 여행 가방. 처음에는 그 가방을 내 방에 몰래 갖다놓을까 하고 생각했다. 현관 옆 벽장은 물건을 숨기기에 적절한 장소가 아니다. 우선은 리쓰가 학교에서 돌아와 그곳을 열어 슬리퍼를 꺼낼 것이다. 물론 현명한 리쓰는 아무 말도 하지 않는다. 소요 언니의 얼굴을 보고는 싱긋 웃으며, 누나 왔어, 라고만 말하리라. 하지만 그 후에는 아빠가 역에서 전화를 걸 테고, 그럼 엄마는 서둘러 화장을 지우고 벽장을 열어 아빠의 부드러운 검은 가죽 슬리퍼를 현관에 꺼내놓으려 할 것이다. 평소에 하던 대로.

소요 언니의 여행 가방은 아직 새것이다. 작년, 신혼여행 떠날 때 산 것이니까. 엄마도 기억하고 있으리라. 보나마나 화들짝 놀라면서, 좁은 선반에서 가방을 꺼내리라. 아내라는 단어를 중요시하는 엄마는 딸에게 사정을 캐물으리라.

그런데도 결국 나는 가방에 손을 대지 않았다. 리쓰도 그럴 것이다. 엄마가 아빠를 위해 슬리퍼를 꺼내놓는 것은 늘 있는 일이다. 소요 언니도 잘 알고 있다.

그러니까 소요 언니는 엄마가 그 가방을 봐주기를 원하고 있는 것이다. 그런 생각밖에 들지 않았다.

목이 말라, 나는 주스 가판대에서 당근과 레몬이 믹스된 주스를 사 마셨다. 후카마치 나오토는 아직 나타나지 않았다. 주스는 시원하고 신선한 맛이 났다. 소요 언니가 만든 당근 케이크와 아주 비슷한 맛이다. 당근의 부자연스러우리만큼 풍성한 '자연의' 단맛, 혀에 감기는 부드러운 식감.

소요 언니라는 사람은 무언가를 행동으로 보이는 데 시간이 걸리는 만큼, 일단 행동하고 나면 황소고집이다. 나는 아주 조금 형부를 동정했다. 갸름한 얼굴에 넓은 이마, 입술은 얇고 말수가 적으며 무테안경을 끼고 있는 나의 형부.

"미안, 친구가 차로 데려다준다기에 타고 왔더니, 오히려 차가 막혀서."

돌아보니, 꽤 먼 거리를 뛰어온 듯 보이는 후카마치 나오토가 숨을 헉헉거리며 서 있었다. 재킷은 어깨 부분이 벗겨질 듯 헐렁헐렁 뒤로 넘어가 있고, 볼과 콧잔등은 빨갰다. 시계를 보니, 27분 지각이었다.

하지만 나는 화내지 않는다. 관대해서가 아니라 시간의 흐름을 그다지 느끼지 못하기 때문이다. 사람을 기다릴 때면, 시간이 순식간에 지나간다.

"뛰어 왔어? 차에서 내려서?"

나는 후카마치 나오토가 이 추운 하늘 아래를 뛰어왔다는 것이 더 놀라웠다. 나라면 뛰지 않는다. 기다리는 것에도 무심하지만, 기다리게 하는 것에도 무심하다.

"밥 살게, 사과의 뜻으로."

평상에 털퍼덕 앉은 후카마치 나오토가 안심한 표정으로 말했다.

사실 오늘은 내가 밥을 사려고 했다. 지금까지 언제나 반씩 나누어 냈지만 오늘은—어디에서 뭘 먹든—내가 내려고 마음먹고 있었다. 즐거웠던 오늘 아침은 물론, 후카마치 나오토와의 만남이 늘 좋아 뭐라도 해주고 싶었던 것이다. 애정의 표현으로.

메이지야에서 나와 가게 앞길을 왼쪽으로 똑바로 걸어간다. 커다란 네거리, 많은 사람들, 저녁 먹기 전의 활기에 찬 거리 냄새.

어렸을 때 우리 형제는 수지 앤드 폴리 놀이라는 것을 곧잘 했다. 나무나 플라스틱 블록, 미니 기차, 조그만 목제 동물, 주워온 조개껍데기와 돌멩이, 구슬, 손수건, 아무튼 온갖 것들을 사용해서 동네를 만드는 놀이였다. 산과 강과 바다와 언덕도 있는 동네. 그 어귀에는 동물원이 있었다. 성냥갑을 늘어놓아 만든 쇼핑가에는 빵가게와 책방, 찻집과 편의점과 슈퍼마켓도 있었다. 놀이를 할 때마다 동네 모습은 바뀌었지만, 비슷했던 골격은 지금도 선명하게 그려낼 수 있다. 구슬 강이 유유히 흐르고, 공원에는 오리가 사는 연못이 있고, 그 연못은 머리가 조금 이상한 아저씨가 관리했다. 물론 우리는 각자의 집도 지었다. 해변에 있는 리쓰의 조그만 집에는 재산이라고는 미니카 초로Q 한 대뿐이었고, 날씨가 궂으면 당장 집 안에 물이 차거나 집이 무너지는 재난을 당했다. 나와 시마코 언니는 고급 빌라 하나에 같이 살았다. 옥상에는 천체망원경과 자가용 비행기가 있었다. 빌라는 예쁜 초록색 홍차 깡통이었다. 소요 언니의 집은 언덕 위에 있었다. 집 자체는 작지만, 비즈를 뿌려 만든 널따란 꽃밭이 있었다. 소요 언니는 계절 따라 1년 내내 피는 향기 좋은 꽃을 시장에 내다 팔아 살림을 꾸렸다.

우리는 아빠와 엄마의 집도 만들었다. 도시 외곽에 있는 호화 주택이었다. 동물원이 바로 옆에 있고, 자가용은 물론 자가용 비행기도 있고, 왠지는 모르지만 말과 돼지를 엄청 많이 키웠다.

꽤 멋진 동네였다. 특히 좋았던 것은 해 질 무렵, 공기에서 좋은 냄새가 났다.

그 놀이 이름인 수지 앤드 폴리는 자명종 숫자판에 그려진 두 여자아이의 이름이다. 우리는 동네를 만들 자리 한가운데에 그 시계를 놓고(동네의 상징인 시계탑으로), 시계를 중심으로 동네를 만들어나갔다.

후카마치 나오토와 동남아시아 분위기가 물씬 나는 음식점에서 저녁을 먹었다. 지하에 있는데 계단이 너무 좁아 내려가기도 힘들었다. 그런데도 장사는 잘 되는 것 같았다. 어떤 현악기 소리가 야릇하게 울렸지만, 사람들 얘기 소리에 거의 묻혀버리곤 했다. 우리는 카운터 앞에 자리 잡고 신나게 먹었다. 후카마치 나오토는 술도 조금 마셨다. 행로주라는 이름의 술이다.

"카운터 자리 좋아해?"

후카마치 나오토가 물었다. 내가 좋아하는지 어떤지 생각하는 사이에 후카마치 나오토 스스로 대답했다.

"나는 꽤 좋아하는데."

카운터 자리에 앉으면 나는 후카마치 나오토의 손만 바라본다.

"나도 좋아하는 거 같아."

천천히 대답했다. 안심되는 느낌. 후카마치 나오토의 기척 속에 있는 것은 나쁘지 않다.

아빠는 가족끼리 외식을 할 때는 카운터 자리를 꺼린다. 가족 하나하나의 얼굴이 보이지 않아 싫다고 한다. 게다가 카운터 자리는 무릎이 불편하다. 답답하고 불안정해서 좌불안석이라고 아빠는 불쾌한 듯 말한다.

"다리는?"

그렇게 물어보았다. 후카마치 나오토는 아빠보다 키가 크고 몸무게도 훨씬 더 나갈 거다.

"카운터 자리, 다리는 불편하지 않아?"

잠시 있다가, 후카마치 나오토가 씩 웃었다.

"불편해."

이상한 걸 다 묻는군, 이란 표정이다. 그리고 내 얼굴을 빤히 보면서 놀리듯 말했다.

"누가 그런 말을 했나 본데."

나는 난처해서 어색하게 침묵한다.

식사가 끝나고 두툼하고 따끈한 찻잔으로 차를 마신 후, 우리는 가게에서 나와 왔던 길을 되돌아 걸었다. 가게가 마침 두 역 사이 딱 중간에 있어서, 왔을 때와는 다른 역에서 돌아가기로 한 것이다. 달이 예쁘고 어둠은 짙고 바람은 차가웠다. 우리 둘은 주머니에 손을 쿡 쑤셔 넣고 걸었다. .

"잘 먹었어."

나는 그렇게 말하고, 오늘 밤 먹은 거 잘 기억해둬야지, 하고 생각했다. 남자에게 얻어먹은 첫 식사.

집에 돌아오니, 현관에 고급스럽고 보수적인 검정 비트 모카신이 손님처럼 거북살스러운 표정으로 남아 있었다. 나는 금방 신을 수 있게 놓여 있는 그것을 다른 신발과 똑같이 신발장에 집어넣었다. 풍경이 훨씬 일상에 가까워진다. 벽장을 열고 슬리퍼를 꺼낸다. 여행 가방은 이미 거기에 없었다.

"어서 와라."

부엌에 들어갔다. 엄마는 윌리엄에게 저녁 산책을 시키고 있었다.

"다녀왔어요."

형광등 불 아래 혼자 서 있는 모습이 왠지 좀 무섭다. 그래서 '소요 언니는' 하고 물으려다 묻지 못했다. 왠지 그냥. 윌리엄은 조그만 손발로 쏜살같이 다니다, 지금은 벽에 세워둔 무쇠 프라이팬 옆에 있다.

"재미있었어?"

엄마가 물었다. 목소리가 자연스럽고 밝아, 나는 재미있었다고 대답했다.

"히로오에 있는 쿠키 가게 망했더라. 고베야는 두 군데로 늘어났고."

나는 보고한다.

"지하철에서 계단 올라가면 쿠키 굽는 냄새가 나서 마음에 들었었는데, 그 가게."

"어쩔 수 없지. 만물은 다 변하니까."

엄마는 윌리엄을 지켜보면서 말한다.

"그렇게 배웠잖아, 학교에서."

학교에서? 나는 아무 대꾸도 하지 않았지만, 엄마는 신경 쓰지 않는 듯했다. 냉장고에서 웅웅거리는 낮은 소리가 났다.

"큰언니는 지금 목욕하고 있다."

묻지도 않았는데 엄마가 말했다.

"오늘 밤, 네 방에 재워줘."

나는 고개를 끄덕였다.

"아빠는?"

"글쎄, 벌써 잠들지 않았을까."

엄마는 멍한 표정으로 말한다. 시마코 언니는 돌아오지 않았다. 시마코 언니가 좋아하는 커다란 리본 달린 슬리퍼가 아직도 벽장에 버티고 있었다.

나는 거실에 가서 가방을 소파에 내려놓고 커튼을 열었다.

"오늘 밤, 달이 참 예뻐."

엄마는 달과 별 보기를 좋아한다. 나는 뿌옇게 김 서린 유리를 손바닥으로 닦았다. 의외로 물방울이 차가워 깜짝 놀랐다.

탈의실은 밝고 욕실 냄새가 나고, 바구니에는 소요 언니가 입었던 옷과 하얗고 두툼한 손님용 목욕 타월이 들어 있다. 세면대에는 콘택트렌즈 케이스와 세정액, 그리고 화장품 파우치. 뿌연 유리 너머로 욕조에 몸을 담근 언니 모습이 보인다.

"고토코?"

 내가 말을 건네기 전에, 언니가 부드러운 목소리로 내 이름을 불렀다. 철썩, 물이 움직이는 소리가 난다.

"응."

 나는 반으로 접히는 문을 열면서 대답했다. 따뜻하게 오르는 김. 소요 언니가 욕조 속에서 미소 지었다.

"어서 와."

 하얗고 매끄러운 어깨. 둘둘 말아 머리 꼭대기에 고정시킨 긴 머리칼. 나는 양말을 벗고, 욕실 안으로 들어서서 언니의 몸을 물끄러미 내려다보았다.

"언니 알몸 보는 거, 참 오랜만이네."

그렇게 말해도, 소요 언니는 쑥스러워하지 않는다.

"그러네."

그리고 언니도 자기 몸을 소리 없이 내려다보았다.

"허벅지가 하얘."

나는 시선을 돌리지 않은 채 말했다.

"무릎도 예쁘고. 뱃살도 예쁘게 올랐고."

고맙다며 소요 언니가 웃었다.

"나중에 봐."

나는 살며시 손을 흔들며 그렇게 말하고 욕실에서 나왔다. 그래, 하고 소요 언니는 새침하게 대답한다. 찰칵, 조그만 소리를 내며 닫힌 문 너머에서.

복도를 걸으면서 나는 사방에 가득한 소요 언니의 기척을 느꼈다. 벽도 마룻바닥도 계단도 지금 소요 언니가 목욕하고 있음을 아는 것이다. 얼마 전까지 이 집의 일부였던 소요 언니.

2층으로 올라간 나는 다녀왔다는 말을 하려고 리쓰의 방을 찾았다가 그대로 잠시 시간을 보냈다. 리쓰는 책상 앞에 앉아 작업하고 있었다. 천장의 불은 물론 책상 스탠드와 난방기, 가습기와 포트 워머와 CD 플레이어 등, 방에 있는 거의 모든 전자 제품을 켜놓고서. 오늘의 인형은 승마복을 입고 있다.

"오늘, 힘들었어?"

책상 위에는 온갖 것들이 널려 있다. 가위, 접착제, 헤어드라이어, 오래 써서 쭈글쭈글한 사포.

"응."

리쓰가 손에 의식을 집중한 채로 대답했다.

"밥 먹을 때, 분위기가 좀 답답하고 이상했어."

그러고는 불쑥 (그리고 더없이 리쓰답게) 덧붙였다.

"그래도 그렇게 심하지는 않았어."

"그랬구나."

나는 듣고 싶었던 말을 들은 것 같은 기분에 살짝 웃었다. 리쓰는 만사를 극단적으로 여기지 않는다. 대개는 '그렇게 심하지는 않게' 여긴다. 그리고 그 점은 언제나 나를 안심시켜 준다.

반복 재생 버튼을 누른 플레이어에서는 리쓰가 좋아하는 젤리 피시가 흘러나오고 있다.

소요 언니가 욕실에서 나온 후에 나도 목욕을 했다. 1시간쯤 지나 나오니, 소요 언니는 내 방 바닥에 무릎덮개를 깔고 앉아 홍차를 마시고 있었다. 방으로 들어가자 언니가 얼굴을 들고 말한다.

"고토코 방에 있으니까 마음이 편안해지네. 연두색 커튼도 그렇고, 커튼이랑 세트인 침대 커버랑 양 모양 모빌, 벽에 붙어 있는 곰돌이 푸 키재기 포스터도."

소요 언니는 방을 돌아보면서 방긋 웃고는, 아마도 다즐링일 선명한 빨간색 차를 마셨다.

"그야 물론이지."

나는 침대에 오른다.

"내 방은 좋은 방이니까."

다리를 쭉 뻗고 앉아 머리맡에 있는 스탠드를 켠다.

"간혹 시마코 언니도 자러 와."

그러니, 하며 소요 언니가 꼼꼼하게 고개를 끄덕인다. 나는 머리를 베개에 올려놓고 눈을 감는다. 막 목욕하고 나와서 따끈 따끈한 손발.

"큰언니."

문득 생각나, 눈을 뜨고 몸을 일으키고서 소요 언니에게 물어보았다.

"하루 중에서 언제가 가장 행복해?"

소요 언니는 흥미롭다는 듯 쿡쿡 웃었다.

"목욕하고 나와서, 이제 자야지 하는 때, 아니니?"

찻잔을 책상에 내려놓고, 무릎덮개를 개어 의자 등받이에 걸친 소요 언니가 말한다.

"우리 고토코, 순진하네."

나는 부끄러워진다.

"들어간다."

불을 끄고 침대 옆에 서서 소요 언니가 말했다.

우리는 나란히 누워, 천장에 매달려 있는 모빌을 올려다본다. 침대 바로 위에 매달려 있어, 저절로 보게 된다. 모빌이 흔들흔들 움직인다.

소요 언니와 이렇게 같이 자다니, 어렸을 때 같았다. 어렸을 때, 증축공사를 하기 전에 이 집에서.

"큰언니, 왜 집 나왔어?"

나는 아까부터 궁금했던 것을 물었다. .

"아무 말 않고 나온 거야? 쌀쌀맞게 한마디 하고 온 거야? 아니면 결별의 편지라도 써놓고?"

소요 언니는 천장을 바라본 채, 다 틀렸어, 하고 대답한다.

"형부가 데려다 줬어."

"……데려다 줬다고?"

"괴롭다고 했더니, 그럼 데려다 주겠다고 해서."

"……"

나는 고개를 돌려 소요 언니의 얼굴을 보았다. 고요하고, 하얀 옆얼굴.

"그런데 형부, 회사는?"

소요 언니가 온 것은 이른 오후였다.
"감기 때문에 출근 못 했어. 열이 38도나 올라서."
새침한 말투였다.
"……"
우리는 또 잠자코 모빌을 쳐다보고는 서로에게 잘 자라고 말했다. 나는 머리맡에 있는 스탠드를 끄고 잠잘 자세로 몸을 뒤척이고는 눈을 감는다.

소요 언니가 자기 집으로 돌아갈 기미를 좀처럼 보이지 않는 것 말고는 평온한 나날이 계속되었다. 리쓰가 겨울방학을 맞아 사람이 늘어나는 바람에 집안이 시끌벅적하고 재미있어졌다. 아빠와 엄마는 그렇다 말은 하지 않아도 싫지는 않은 눈치였다. 쉬는 날에는 시마코 언니까지 집에 있기 때문에 온 가족이 함께다. 그런 때는 엄마가—누구 생일도 아닌데—팔을 걷어붙이고 음식 솜씨를 뽐냈다.

우리는 원래 소요 언니 방이었던 창고에서 오래된 고타쓰를 꺼내 내 방에 갖다 놓고, 주로 그 주위에 모여 지냈다. 고타쓰에 둘러앉아 차를 마시고 책을 읽고 카루타 놀이를 하고 음악을 들었다. 방 안에 있으면 시간이 멈춘 것처럼 느껴지는데, 소요 언니와 시마코 언니 주변에만 각기 조금씩 다른 기류가 흐르는 듯하다. 넷이서 카루타 놀이를 할 때도 어린 시절과 똑같은데, 그 야말로 똑같지는 않다.

시마코 언니는 요즘 다시 음주량이 늘었다. 밤에 자기 방에 들어가 혼자가 되면 마시기 시작한다. 셰리나 럼, 과일향 나는 보드카처럼 달달하고 독한 술을 좋아하는 듯하다. 토요일―재활용 쓰레기를 버리는 날―아침, 일주일 동안 쌓인 병과 캔을 몰래 버리는 수척한 시마코 언니를 보고서 엄마는 '마치 〈선셋 대로〉에 나오는 글로리아 스완슨 같다'고 한다. 하지만 시마코 언니가 글로리아 스완슨과 다른 점은, 술을 마신 후에 설사약도 먹는다는 것이다. 살찌는 게 겁나서. 그래서 아침 일찍 화장실에 가면 비틀비틀 초췌한 시마코 언니와 마주치게 된다.

형부에게서는 하루건너 전화가 걸려온다. 하지만 형부의 전화는 소요 언니의 마음을 쉬이 움직이지 못한다. 소요 언니는 대충 이런 식으로 전화를 받는다.

"네. 응, 괜찮아. 응. 응, 그렇지. 왜? 그럴 수는 없어. 하지만 필요하다면 거기는 갈까? 응, 물론 거기만이야. 그다음에는 다시 여기로 돌아올 거야. 그래. 그럴지도 모르지. 응. 알았어, 전할게. 고마워. 당신도. 응. 알았어. 잘 쉬어요."

형부와 언니 사이에 무슨 일이 있었든, 지금 우리 식구 모두는 형부를 적잖이 동정하고 있다. 아마, 아빠 한 사람을 빼고는.

후카마치 나오토가 스키 여행을 가자고 했다. 스키는 고등학교 체험학습 때 타보고는 끝이었다. 관심도 있고, 후카마치 나오토와 함께 여행할 수 있다는 것도 무척 기뻤다. 하지만 거절했다. 집에서 가족들과 보내는 겨울방학이 좋았고, 게다가 후카마치 나오토가 그 말을 꺼낸 것은 크리스마스에 가족끼리 만두를 만들기로 이미 약속한 후였으니까.

리쓰가 만두를 좋아해서, 바로 얼마 전 리쓰와 시마코 언니의 생일에도 엄마가 만들었다. 그런데도 또 만들기로 한 것이다. 어느 여성잡지의 백넘버에 '이색 만두'라는 특집이 흑백과 컬러 화보 8페이지에 걸쳐 실린 게 계기였다. 처음 그 특집을 찾아낸 사람은 시마코 언니다. 거기에 실려 있는 사진과 레시피를 시간을 두고 꼼꼼히 바라본 시마코 언니는 감탄의 한숨과 함께 그 잡지를 우리에게 내밀었다. 그 순간 물론 리쓰가 눈을 반짝였다. 우와, 하는 감탄사까지 터뜨리면서. 우리는 고타쓰에 머리를 맞대고 둘러앉아 사진을 감상하고는, 크리스마스 때 먹기에 딱 좋다고 만장일치로 결정했다. 정말 맛있어 보이는 사진이었다.

엄마는 소요 언니가 왜 가출했는지 절대 말하지 않으리란 것을 알고 더는 시시콜콜 묻지 않는 대신, 아내로서의 자각에 호소했다. 아내의 마음이 어디 있어야 하는지에 대한 얘기다. 특히 결혼생활에 관해서는, 오직 돌진하는(본인은 '따른다'는 말을 사용했지만) 엄마의 방식에 대해서. 이유야 어찌되었든 너의 방법은 조금도 용감하지 않아, 하고 우리의 엄마는 슬픈 듯이 말한다.

올 겨울은 따뜻할 모양이다. 일기예보에서도 늘 그렇게 말한다. 하지만 내게는 그 말이 와 닿지 않는다. '예년 추위'라는 것이 어느 정도였는지 지금은 기억나지 않고, 올 겨울 역시 충분히 춥다고 생각한다. 어젯밤, 자기 전에 내가 그렇게 말했더니 소요 언니가 머리를 빗으면서 이렇게 대답했다.

"어머, 그러니? 그래도 그 모퉁이 집 목련."

머리에서 캐모마일 샴푸 향이 났다. 옛날부터 똑같은 소요 언니의 머리 향.

"아, 그 목련."

나도 알고 있다. 이웃집 마당에 목련이 두세 송이 활짝 피었다. 한밤에 산책을 하다가 그 옆을 지나갈 때면, 그곳만 다른 차원 같고 그 꽃의 탄력 있는 하양에 화들짝 놀란다. 계절을 앞서가는 목련이 조금은 시마코 언니를 닮았다.

소요 언니의 머리칼은 반짝반짝, 자매들 중에서 가장 아름답다.

"식물이 아마 더 민감한 걸 거야."

이불을 들추고 침대에 들어가면서 소요 언니가 말했다.

크리스마스이브 날 아침, 후카마치 나오토에게서 전화가 왔다. 지금 막 아침을 먹었고, 이제 스키장으로 나가려는 참이라고 한다. 아침은 뷔페식이었고, 달걀 프라이에 소시지, 콤비 샐러드와 홍차와 요구르트와 잼 바른 빵을 먹었고, 눈은 '보슬보슬' 상태가 좋아 매일 아침부터 밤까지 타고 있다는 것, 날씨가 매일 화창해서 하늘이 파란데 가끔은 눈보라 속에서 신나게 타고 싶다는 것 등, 후카마치 나오토는 줄줄이 보고해주었다.

"고토코, 넌 뭐하고 있는데?"

"잤어."

나는 솔직하게 대답했다. 귀찮아하는 것처럼 들리지는 않았으리라고 생각한다. 전혀 귀찮지 않았으니까.

"여기도 매일 날씨가 좋아."

방 안은 이미 겨울 햇살로 가득했다. 소요 언니는 벌써 일어나 아래층으로 내려갔다.

"오늘, 만두 만들 거야."

나는 그 생각이 나, 기뻐하면서 말했다.

"와우."

후카마치 나오토가 감탄한다.

"무지 좋겠다, 만두라."

후카마치 나오토의 말을 듣고서, 나는 점점 더 기뻐진다.

전화를 끊고 창가에 서서 밖을 내다보았다. 길 건넛집의 빨간색 지붕과 벽, 차고에 서 있는 파란 차. 맑게 갠 낮의 나른한 경치, 나무 울타리, 전봇대와 전깃줄.

나는 스키장에 가지 않기를 잘했다고 생각했다. 사실은 그 후에 갈걸 그랬나 하고 조금 후회했었다. 하지만 안 가길 잘했다. 멀리 있는 후카마치 나오토와 예기치 못하게 통화하게 된 것은 함께 스키를 타는 것보다 훨씬 특별한 일이다.

나는 스웨터와 스키니 바지로 옷을 갈아입고 모두가 기다리는 아래층으로 내려갔다.

우선은 장보기.

우리는 버스를 타고 3, 40분 걸리는 다른 동네에 가기로 했다. 그 동네에는 대형 슈퍼마켓이 있다.

"고작 만두 재료 사러 가는데, 다들 몰려갈 필요 없잖아."

엄마는 그렇게 말하며 웃었다. 물론 그럴 필요 없을지도 모르지만, 이렇게 화창한 날에 집에서 기다리는 역을 맡고 싶지는 않았다. 게다가 만두 재료를 사는 것 외에도 각자 볼 일이 있었다. 소요 언니는 콘택트렌즈 세정액을 사는 것, 시마코 언니는 늘 다니는 피부과에 가서 피부 미용크림 처방을 받는 것, 리쓰는 과자 가게에 가서 당첨된 복권을 경품으로 바꾸는 것, 나는 '사쿠라코'에 가서 꿀 바른 찹쌀경단을 먹는 것. 약국과 피부과와 '사쿠라코'는 슈퍼마켓에서 모두 5분 거리에 있다.

버스도 도로도 비교적 한산했다. 목적지에 도착할 때까지, 우리는 제각각 빈자리에 앉아 멍하게 창밖을 바라보거나, 다른 손님의 모습을 슬그머니 관찰하거나, 생각을 하면서 시간을 보냈다. 마치 서로가 전혀 모르는 사람들인 것처럼. 세 명 넘게 버스나 전철을 같이 탈 때면 그렇게 하는 것이 우리들 사이의 규칙이다. 일종의 게임 같은 것이다. 남남인 것처럼 하는 게임. 나는 한낮의 버스를 좋아한다.

먼저 과자 가게에 들렀다가 슈퍼마켓에 갔다. 대형 슈퍼마켓은 끔찍하리만큼 붐볐다. 우리는 카트를 밀면서 인파를 향해 똑바로 돌진했다. 카트는 리쓰가 밀었다. 규칙적이고 일정한 속도로 통로를 한 줄 한 줄 지나간다. 지나가면서 각자 사고 싶은 것을 카트에 담는다. 이렇게 복잡해서야 다시 돌아가는 것도 쉽지 않다. 그래서 마음이 혹한 것은 일단 카트에 담는다. 카트가 단박에 꽉 찬다. 골든 딜리셔스, 스위티, 망고, 딸기. 배추, 표고버섯, 아보카도, 양배추. 생강, 양하, 마늘, 청자소, 생 고추냉이, 회곤약. 벚꽃절임, 팽이버섯, 복숭아 주스, 리치 주스, 타피오카 우유. 만두피, 다짐육, 런천 미트, 브리오슈. 카스 워터 크래커, 린츠 민트 초콜릿, 발센 핑거 비스킷. 새우, 오징어, 또띠아 칩스, 볶음국수, 크로켓빵, 콩자반, 오하기.

계산대 앞에 줄을 설 때, 카트는 거의 넘쳐흐를 정도였다. 다들 몰려오지 않았더라면 절대 다 들 수 없는 양이었다.

'사쿠라코'는 조그만 가게로, 조그만 빌딩 3층에 있다. 소요 언니와 시마코 언니가 각자 약국과 피부과에 간 동안 나와 리쓰가 먼저 왔다.

"엄청 샀네."

내 목소리는 내가 들어도 들떠 있었다.

"응."

리쓰도 고개를 끄덕인다. 녹차는 새잎으로 우렸는지 진하고 뜨겁고 아주 맛있었다. 우리는 한동안 잠자코 차를 마셨다.

"올해도 다 갔어."

리쓰가 말했다.

그리고 바로 소요 언니와 시마코 언니도 왔다. 나는 두 언니가 입구로 들어오는 것을 보면서, 어린애처럼 두 번이나 안심했다. 이상한 느낌. 테이블이 너무 작아 넷이 앉기엔 비좁았지만.

금방 먹을 게 나왔다. 나와 리쓰가 미리 주문한 덕분이다.

"언니, 이혼하는 거야?"

시마코 언니가 뜬금없이 물었다. 앞에 놓인 칡떡을 먹으려고 소요 언니가 나무젓가락을 막 가를 때였다. 당사자인 소요 언니보다 리쓰와 내가 더 놀랐다고 생각한다.

"글쎄."

소요 언니는 생각하면서 새침하게 말했다.

"할지도 모르지."

미소를 띠고, 칡떡 한 조각을 얌전히 입에 넣는다.

"왜?"

시마코 언니는 단도직입적으로 다시 물었다.

"만약 이혼한다면, 이유가 뭐야?"

소요 언니는 눈을 크게 뜨고 눈썹을 추켜올린 익살스러운 표정을 짓고는 대답했다.

"이혼하는 마당에, 이유 따위 뭐든 상관없잖아."

나는 뭐라고 더 말하려는 시마코 언니를 가로막으며 물었다.

"경단 먹을래? 팥죽도 좋고."

나는 두 개를 접시에 덜어 먹고 있었다. 시마코 언니가 던 것은 한천이다.

"고마워."

시마코 언니는 달콤하고 시원한 말차 꿀물에 젖어 있는 말랑말랑한 경단 하나를 떠서 입에 넣는다. 그리고 조그만 소리로 미안하다고 말했다.

"미안해, 언니. 그냥 좀 알고 싶었어. 나는 이해할 수 없어서."

반지를 여러 개 낀, 야윈 손을 뻗어, 내 접시에 스푼을 돌려놓는다. 턱이 뾰족하고 창백한 얼굴, 예민해 보이는 목덜미. 털을 싹 밀어버린 푸들 같다.

"내가 의심이 많은 거겠지. 도저히 믿을 수가 없어."

소요 언니가 느릿느릿 말했다. 나는 그만 몸을 앞으로 내민다.

"형부를?"

그렇게 묻고서야 알았다. 아까는 시마코 언니를 가로막은 주제에. 리쓰가 뭐라 말하고 싶은 눈으로 나를 본다.

"그런 게 아니라."

소요 언니가 난처한 듯이 말했다. 그런 게 아니라, 고 다시 한 번 되풀이한다. 그러고는 입을 다물어버렸다.

"이제 그만 갈까?"

리쓰가 말하고는, 손목시계를 보면서 8분, 40분, 45분이라고 중얼거렸다.

"지금 나가면 8분에 떠나는 버스를 탈 수 있어. 그럼 3시 45분에는 집에 도착할 거야. 그다음 버스는 27분에 떠나니까, 4시 좀 넘어야 도착하겠네."

돌아가는 길, 우리는 왠지 모르게 축 처져 있었다.

저녁을 먹은 후 밤늦게까지 대대적으로 만두를 만들었다. 만두피 대신 양배추를 쓰기도 하고, 만두 속에 시금치 퓌레나 통조림 파인애플, 벚꽃절임, 새우, 오징어를 넣기도 하고, 만두에 우엉을 꽂기도 했다.

예상 외로 힘든 작업이었다. 넷이서 흰 생쥐처럼 쉬지 않고 일했는데도 뒷설거지까지 포함해서 4시간이나 걸렸다. 물론 찌는 시간은 계산하지 않았다. 찌는 일은 내일 한다.

채소를 잘게 썰고, 고기를 다지고 반죽해서 조그맣게 동글려 한 개씩 싼다. 재미있었지만, 나는 손이 끈적끈적하고 미끈거려서 싫었다. 다진 고기를 한번 주무르면, 비누로 아무리 박박 씻어도 끈적거림이 사라지지 않는다. 그러면 칼을 쥘 때 신경이 쓰여서 견딜 수가 없었다. 리쓰와 시마코 언니는 양손에 비닐장갑을 끼고 반죽했다.

부엌은 환하고, 저녁때 먹은 치킨 냄새가 떠다녔다. 거실에 설치한 크리스마스트리, 엄마가 보고 있는 텔레비전 소리.

그야말로 야단법석이었다. 어지간히 시끄러웠던지, 도중에 아빠까지 두세 번 얼굴을 보였다. 첫 번째는 대체 무슨 일이냐고 묻기 위해서, 두 번째에는 아직도 끝나지 않았느냐고 묻기 위해서.

만두가 어이없으리만큼 많이 만들어졌다. 반도 넘게 냉동고에 넣었다. 그래도 내일은 질리도록 만두를 먹는 크리스마스가 되리라.

"너희들이 업소용 찜통을 사 오지 않은 게 이상하구나."

엄마가 기가 막히다는 듯 말했다.

우리 형제들은 아무도 산타클로스를 믿지 않았다. 옛날부터. 아빠와 엄마가 아이들에게 그런 일을 믿도록 하는—또는 아이들이 믿는다고 믿고서 안심하는—성격이 아니었기 때문이다. 가족들끼리 나누는 선물에는 반드시 보내는 사람이 적혀 있었다. 아빠로부터, 엄마가, 또는 아빠와 엄마가. 그렇게.

그래서 우리는 산타클로스에게 편지를 쓴 적도, 머리맡에 양말을 걸어놓은 적도 없었다. 그런데도 해마다 크리스마스는 가슴이 설레고 평소와는 다른 하루였다.

"올해는 특히 유난스럽군."

현관에 걸터앉아 구두를 닦으면서 리쓰가 말했다.

"가족이 다 모인 것도 그렇고."

빈틈없는 리쓰는 매일 학교에서 돌아와 브러시로 구두를 터는 것도 모자라 주말이 되면 구두를 닦는다. 한 켤레에 50엔이나 100엔을 받고 아빠와 엄마의 구두를 닦기도 하는 듯하다.

"그러게 말이야."

옆에 앉아 무릎에 턱을 괴고 밖을 보면서 나는 말했다. 지난

6, 7년 동안 시마코 언니는 크리스마스 때 집에 있지 않았다. 시마코 언니 말로는, 크리스마스인데 아무도 놀자는 사람이 없는 건 생일인데 아무도 찾아오는 이가 없는 양로원의 할머니 같은 신세란다. 절망적이지, 라고 시마코 언니는 말한다.

"작년에는 큰언니도 없었으니까."

현관문은 묵직한 금속이고, 옆으로 난 짙은 재색 문살 사이사이 유리창으로 화창한 바깥 날씨가 보인다. 대문으로 이어지는 짧은 계단, 좁다란 화단과 울타리, 울타리 너머에 있는 길, 길 건너 주차장. 전봇대, 전깃줄, 새. 모든 것이 평화롭고 밝고 조금은 늘어져 있다.

"문 안쪽은 어둡다. 춥기도 하고."

나는 내 발치를 내려다보면서 말했다.

"왜 맨발이야?"

손을 계속 움직이면서 리쓰가 묻는다. 옛날에 아빠 속옷이었던 천으로 구두를 닦는다.

"슬리퍼를 신은 채로 현관에 발 디디면 슬리퍼 바닥이 더러워지잖아."

구석에 놓인 시클라멘 화분 때문에 주위 공기가 고요하다. 엷은 분홍색 꽃잎.

"맨발로 디디면 발바닥이 더러워지지."

리쓰는 운동화를 신고 있다.

"……."

나는 운동화를 좋아하지 않는다. 답답한 느낌이 들어서다. 게다가 발은 씻으면 깨끗해지지만 슬리퍼는 빨면 쭈글쭈글해진다. 하지만 귀찮아서 설명하지 않았다.

"매형 오셨어."

리쓰가 말했다. 이럴 때, 말투만 가지고 리쓰가 매형의 방문을 어떻게 생각하는지를 짐작할 수는 없다.

"형부가? 이렇게 아침 일찍?"

내 목소리에서 다분히 경계심이 풍겼다. 소요 언니를 데려가려고 온 거겠지, 하고 생각했다.

"벌써 11시 반인데."

서슴없는 리쓰의 말에 비난할 근거를 잃은 나는 입을 다물고 말았다. 그러고 보니 현관에 아빠 것도 리쓰 것도 아닌 구두가 한 켤레 놓여 있었다.

"큰언니, 돌아갈까?"

대답하지 않았지만 리쓰도 나와 같은 마음이라는 것을 알 수 있었다. 써늘한 현관에는 구두약 냄새.

점심은 만두였다.

형부도 같이 먹었다. 형부는 키가 작고, 야위고, 무테안경을

졌다. 풍성한 회색 스웨터가 잘 어울렸다. 작년 크리스마스에 소요 언니가 선물한 것이란다. 밤이 되어 소요 언니에게서 들었다.

"기가 막혀서. 그런 스웨터를 입고 오다니 최악이네. 신중하지 못한 데다, 무엇보다 공정하지 않잖아."

시마코 언니의 말이 옳다고 나도 동의했지만, 리쓰는 반대했다.

"난 그렇게 생각하지 않아. 그런 스웨터를 입고 온다는 거, 용감하니까 가능하지. 성실하고 착하고 훌륭한 거야."

소요 언니는 아무 대꾸도 하지 않았다.

형부는 우엉을 꽂은 만두가 마음에 들었는지, 혼자서 세 개나 먹었다. 물론 다른 것도 한 개씩 먹고서다.

"얘들이 이거 만드느라 어젯밤에 얼마나 법석을 떨었는지 몰라."

엄마가 형부에게 말했다.

"맛있습니다."

형부가 엄마에게 말했다. 아빠는 그저 묵묵히 먹기만 했다. 형부가 오면 늘 그렇다.

"결혼을 하는데 부모 허락이 필요한 나이는 아니지."

처음 형부를 만나고 난 후, 아빠는 그렇게 말했다.

"딸을 총명하게 키운 줄 알았는데."

그러고서 덧붙인 그 말에, 당시 두 볼이 장밋빛이었던 소요 언니는 몹시 슬퍼했고 시마코 언니는 냉소했고, 엄마는 엄청나게 분개했다.

"당신은 또 그런 말을. 모처럼 멋진 뉴스거리가 생겼는데."

멋진, 은 엄마의 십팔번이다. 멋진 뉴스, 멋진 영화, 멋진 날씨, 멋진 안심 스테이크.

식사가 끝난 후, 형부와 소요 언니는 외출했다. 집에 남은 우리는 거실에서 보이차를 마시고, 형부가 선물로 들고 온 딸기를 먹었다.

"그렇게 억지로 내보낼 거 없잖아."

안경 너머 조그만 눈을 깜박거리면서 아빠가 말했다. 날씨도 좋은데 어디 잠시 나가볼까, 하고 형부가 말했을 때, 그러지 뭐, 그런데, 하고 시큰둥하게 대답하는 소요 언니를 엄마가 등을 떠밀듯 내보냈다. 어머, 멋지겠다, 다녀와, 어서. 아빠는 그게 불만인 듯했다.

"그 아이도 이제 어른이라고. 자기 일인데, 스스로 결정할 수 있잖아."

아빠가 미간을 찡그리고 그렇게 말했다. 엄마가 반론하지 않아, 형세는 아빠에게 영 불리해졌다.

"어때서요. 소요 누나도 지금쯤 매형을 만나고 싶었을 텐데."

리쓰가 분위기를 중화시키려 말했는데, 아빠는 점점 더 불쾌한 표정을 지었다. 어색한 침묵.

"그래요. 아빠에게는 내가 있으니까."

시마코 언니가 농담처럼 말했지만, 그게 농담이 아니라는 것은 언니의 애처롭게 긴장한 얼굴 옆선을 보면 금방 알 수 있다. 언니는 원래부터 농담을 하는 감각이 전혀 없는 사람이다.

"그런 말을 하고 있는 게 아니다."

잔인하게도 아빠는 그런 말을 씁쓸하게 뱉었다.

어렸을 때, 아주 슬픈 일이 있었다. 화장실 전기다. 나는 키가 작은 아이여서—당연히 앞으로나란히를 할 때면 옆구리에 손을 대고 맨 앞에 서는 역할이었다. 언제나—초등학교에 들어가서도 한동안은 전기 스위치에 손이 닿지 않았다. 그래서 밤에 화장실에 갈 때는, 세면실에서 조그만 의자를 가져와 그 위에 올라서서 불을 켰다. 그 의자는 보통 세면실의 세면대 앞에 놓여 있고, 이를 닦거나 세수를 할 때 거울을 볼 수 있게 올라서기 위한 것이었다. 그 무렵에는 뭘 하려고 해도 올라설 받침대가 필요했다.

한번은 의자 없이 깡충 뛰어서 불을 켠 적이 있었다. 벽에다 미리 손을 대고, 깡충 뛸 때 벽을 따라 손을 위로 움직이는 게 포인트였다. 나는 너무 기뻐서, 아빠를 불러 보여주었다.

아빠는 처음에는 어리둥절해하더니, 상황을 파악하고는 이런 말을 했다.

"고토코, 너 지금까지 의자에 올라서서 불을 켠 거냐? 화장실에 갈 때마다?"

아빠는 그 사실이 오히려 놀랍다는 표정이었다.

"그런데 이제는 의자가 없어도 된다는 거구나. 대견하다. 많이 컸어. 잘됐다."

커다란 손으로 머리를 톡톡 두드리듯 쓰다듬고는, 내가 민망할 정도로 축복해주었다.

그리고 얼마가 지나서는 깡충 뛸 필요도 없어졌다. 가만히 선 상태에서 손―이라기보다 온몸―을 한껏 뻗으면 스위치에 닿게 된 것이다.

"아빠, 이거 봐라."

나는 단박에 아빠를 데려와 보여주었다. 아빠는 잠자코 선 채로, 미간을 찡그렸다.

"그건 얼마 전에 보지 않았냐."

아빠는 고함 따위는 절대 지르지 않는 사람이었지만, 화가 불끈 솟을 때면 그것을 애써 참느라 말투가 낮고 내뱉는 식으로 변했다.

"그때 충분히 칭찬해주었을 텐데."

그렇게 못마땅하다는 듯이 말한 아빠는 내게 설명할 틈도 주지 않고 가버렸다.

아빠는 똑같은 행동을 굳이 되풀이한다고 생각했던 것이다. 칭찬받고 싶은 마음에 똑같은 행동을. 복도에 덩그러니 남은 나는 자신의 맨발을 내려다보았다. 정말 뜻밖이었다.

밤에 나는 리쓰에게 피아노를 쳐달라고 부탁했다. 고요한 밤 거룩한 밤, HAVE YOURSELF A MERRY LITTLE CHRISTMAS, 그리고 SILVER BELLS를. 리쓰는 한 곡을 치고 다음 곡으로 넘어가기 전에 반드시 터키 행진곡을 쳤다. 터키 행진곡은 리쓰가 무척 좋아하는 곡이라서, 어렸을 때부터 내내 그 곡만 쳤다. 원래는 발표회를 위한 곡이었는데, 발표회가 끝난 후에도 연습하고 싶다고 해서 특별히 더 오래 쳤을 정도다. 그 무렵에는 마음이 급해서인지 크레센도 부분에서 속도가 미묘하게 빨라졌는데, 지금은 고른 속도를 유지하며 친다.

"리쓰가 치는 피아노는 소리가 정확해서 좋더라."

소요 언니가 말했다.

"나는 리쓰가 치는 피아노는 어떤 소리가 나든 다 좋은데."

시마코 언니는 그렇게 말했다. 평화로운 밤이다. 나는 리쓰가 피아노를 칠 때의 조그만 뒷모습을 좋아한다. 짧게 자른 검은 머리, 성냥개비처럼 생긴 조그만 머리와 가느다란 목덜미, 꼿꼿한 등. 리쓰는 평소에는 그다지 자세가 좋은 편이 아닌데, 피아노를 칠 때는 모범적으로 등을 꼿꼿하게 세운다. 어렸을 적 리쓰처럼.

"이번에는 슈베르트 좀 쳐봐."

엄마가 말했다.

"슈베르트 곡이면 뭐든 좋으니까."

엄마는 소파에 앉아, 쳇바퀴를 돌리는 윌리엄을 쳐다보면서 말했다. 하지만 리쓰가 칠 수 있는 슈베르트의 곡은 딱 하나, 자장가뿐이다. 피아노 학원을 그만둔 지도 벌써 몇 년이나 지나, 십팔번인 터키 행진곡 외에는 사실 잘 치지 못한다. 그렇다는 것을 우리의 엄마는 금방 잊어버린다.

"크리스마스트리, 이제 치워야지."

소요 언니가 말했다. 시계를 보니 12시가 넘었다. 우리는 리쓰의 피아노 소리를 들으면서 트리에서 장식을 하나하나 떼어냈다. 반짝반짝 빛나는 것, 매끈하고 동그란 공처럼 생긴 것, 산타클로스와 천사와 병사 모양. 리쓰는 몇 번이나 슈베르트의 자장가를 쳤고, 그 사이사이로 터키 행진곡을 쳤다.

"아이, 아쉬웠지?"

불쑥 소요 언니가 말했다. 시마코 언니는 "응." 하고 의외로 순순하게 대답했다.

"매주 수요일에는 추모를 하고 있어. 수술한 날이 수요일이어서."

"어떤 식으로 추모하는데?"

내가 묻자, 시마코 언니가 진지하게 대답했다.

"소멸된 영혼을 위해서 술을 마셔."

그 말이 떨어진 후에는 모두들 잠시 침묵했다.

"소요, 오늘 쓰게 서방과 어디 갔었니?"

엄마가 물었다.

"동물원. 저녁은 시세이도에서 먹었고."

"그랬구나."

2시간쯤 전에, 형부가 소요 언니를 집에 데려다주었다.

"형부, 혼자서 가는 거 보니까 안됐더라."

시마코 언니가 그렇게 말했는데도, 소요 언니의 표정은 조금도 바뀌지 않았다.

"그래, 그렇더라."

차분하고 새침하게, 왠지 모르게 재미나 하는 것처럼 들리는 목소리로 그렇게 말한다.

"너희들 참."

엄마가 이해하기 어렵다는 표정으로 말을 하다 말았다. 나도 속을 알 수 없는 언니들, 이라고 생각했다.

　새해는 조용히 찾아왔다.
　아침에 일어나 2층 화장실에 갔다. 화장실 창문으로 후지산이 보였다. 샤워를 하고, 가족이 모두 모여 새해 축하주를 마셨다.
　설날.
　2일 밤에는 모두 모여 '새해맞이 글쓰기'를 했다. 우리 집 연례행사 중 하나다. 올해에는 각자 이런 말을 썼다.
　한가롭던 봄날의 하루도 어언 기울어 ─ 나
　상서로운 빛이 봄을 머금었네 ─ 소요 언니
　음양의 기운이 조화로워 천지에 봄이 오니 ─ 시마코 언니
　복숭아꽃 살구꽃에 봄바람 부니 그 향기 온 동산에 가득하여라 ─ 엄마
　버들은 갓 잠에서 깨어난 듯하고 늙수그레한 매화는 볼만하구나 ─ 아빠
　비에 씻긴 청산은 맑기만 하여라 ─ 리쓰
　설 연휴는 고요하고 평범하고 안심도 되지만 따분하다. 우리 집 떡국은 맑은 국물에 구운 찹쌀떡을 띄우는 도쿄식이다. 떡 외에는 닭고기와 겨자 시금치와 파드득나물과 유자 껍질을 조금씩 곁들인다. 하지만 사흘째에는 엄마가 백된장으로 떡국을

끓인다. 백된장 떡국도 맛있으니까. 토란이 들어 있는 백된장 떡국은 겨자를 살짝 풀어서 먹는다.

해거름이 되면 대개는 누군가가 동네를 산책하러 나간다. 받은 연하장의 답장을 우체통에 넣기 위해서다. 길은 여느 때보다 넓고, 사람도 자동차도 많지 않고, 공기가 평소보다 투명하다. 하늘도 한층 넓어 보인다.

우리의 설 연휴는 늘 이렇다. 나는 올해, 스무 살이 된다.

해가 바뀌자마자 이상한 일이 생겼다.

겨울방학 중인데 학교에서 리쓰에게 연락이 왔다. 학교에 그것도 학부모를 동반해서 오라는 연락이다. 아빠는 회사에 가야 하니까 엄마가 같이 가기로 했다.

"대체 무슨 일로 오라는 거지, 귀찮게."

화장대 앞에서 분을 바르며 엄마가 말한다.

"너 정말 짐작 가는 거 없니?"

"없어."

나는 엄마 뒤에 서서 화장대를 들여다보면서 대답했다. 나는 화장하는 엄마 모습 보기를 좋아한다.

"색깔 참 예쁘다. 엄마는 새빨간 립스틱이 어울리네."

새빨간 립스틱은 엄마에게 정말 잘 어울렸다. 나는 아빠가 이런 때의 엄마를 보지 못하는 게 아쉬웠다.

슬립만 입고 있는 엄마가 일어나 벽장을 열고, 싸개 단추가 달린 투피스를 꺼냈다. 차콜 그레이다.

"시간 별로 없으니까, 리쓰 준비 다 끝났는지 가서 좀 보고 와."

엄마는 그렇게 말하고 치마를 입었다. 스슥, 옷감이 스치는 소리가 났다.

리쓰와 엄마를 배웅한 후, 나와 소요 언니는 차를 마셨다. 소요 언니는 여성잡지를 뒤적거리고, 나는 리쓰 방에서 가져온 옷기고 그로테스크한 만화를 보고 있다. 과자 그릇에는 맛동산. 아주 오래전의 일요일 같다.

리쓰와 엄마는 저녁때가 되어서야 돌아왔다. 이제나저제나 하고 기다리고 있던 나는 곧장 리쓰 방으로 쳐들어가 물었다.

"어땠어? 무슨 일이었어? 재미있었어?"

리쓰는 고개를 저으며, 아무 재미도 없었다고 대답한다. 그리고 복도 끝에 있는 세면대에서 세수를 하고 양치질을 하고 자기 방으로 돌아와 커튼을 닫았다. 해는 이미 저물었다.

"담임선생님이 오라고 한 거잖아? 무슨 일이었는데?"

"별일 아니었어."

옷을 갈아입으며 리쓰가 대답한다.

"그런데 엄마에게는 좀 미안하게 됐어."

"별일 아닌 일이 뭔데?"

나는 답답해서 침대에 앉은 채로 콩콩 발을 굴렀다.

"피겨."

리쓰는 내뱉듯 짧게 대답했다. 울 스웨터를 머리부터 푹 뒤집어쓴 탓에 머리칼이 부스스해졌다.

"그 인형?"

나는 옆에 있는 책상 위를 슬쩍 쳐다보았다. 피겨란 리쓰가 만드는 인형이다. 정밀한 조립식 키트 같은 것.

"우리 학교, 아르바이트 금지되어 있거든."

나는 내 눈이 동그래진 것을 느낄 수 있었다.

"아르바이트?"

"그럴 마음은 전혀 없었는데, 돈을 조금 넣어주는 사람도 있었어. 그래봐야 푼돈 정도지만."

여고생 피겨 시리즈라는 이상한 이름의 그 인형들은 가격이 대략 7천 엔에서 9천 800엔 가량이라고 한다. 산 사람이 상자에 들어 있는 부품을 마음대로 조립할 수 있다.

"그런데 그게 꽤 어렵거든."

리쓰의 설명에 나는 고개를 크게 끄덕거렸다. 섬세한 수작업이 필요하다는 것은 보기만 해도 알 수 있다.

"뒤틀린 부품은 뜨거운 물에 담가서 제 모양을 잡아야 하고,

접착된 면이 잘 맞지 않으면 드라이어로 고쳐야 되고, 기포가 생기면 퍼티로 메워야 하고, 사포질도 팔이 떨어져나가라 해야 돼. 그리고 색도 깔끔하게 칠하려면—설명서에는 쓰여 있지 않으니까—스프레이를 먼저 뿌려야 하고."

리쓰의 눈이 반짝인다. 꼼꼼한 작업을 좋아하는 것이다.

"그래서 갖고는 싶은데 만들지 못하는 아저씨들이 꽤 많아."

오호라.

"대형 매장에서는 완성품도 팔지만, 한 개에 2만 엔도 하고 3만 엔도 하고, 가격이 장난이 아니야. 그런 걸 누가 사."

나는 푸스스한 리쓰의 머리칼을 손으로 매만져주었다. 어린 동생 리쓰.

"그리고 난 갖고 싶어서가 아니라 만드는 과정이 재미있어서 만드는 거니까, 피차가 좋은 거지."

"그래서, 담임선생님은 뭐래?"

"동기는 문제가 아니래. 아무튼 아르바이트는 못 하게 되어 있고, 그런 장소에 드나드는 것 자체도 문제라고."

"흐음, 그렇구나."

"말이 안 돼."

그렇게 말하고 입을 비죽 내민 리쓰는 조금은 상처받은 표정이었다.

그 날의 저녁 식탁은 의견을 표명하는 자리로 탈바꿈했다. 비행기 공중 납치 사건이나 은행 강도, 인질 테러 사건 등, 요란한 사건이 생길 때마다 그렇다. 두말할 것도 없이 우리 식구 모두가 리쓰 편이었다.

"정말 어이가 없다니까."

차콜 그레이 투피스를 벗고, 화장을 지워 매끈매끈한 평소 얼굴로 돌아간 엄마가 말했다.

"사람을 불러다 놓고 한다는 소리가, 조립식 인형 얘기라니."

아빠도 고개를 갸웃거렸다.

"거 참 알 수가 없군. 정말 그런 인형을 만들었다고 학교에서 뭐라고 한다는 말이냐?"

"진짜 어이가 없었겠다."

소요 언니도 나직하게 말했다.

"그래."

아직 분이 가시지 않은 엄마가 말한다.

"다른 사람들 것까지 만들어주고, 그래서 그 사람들이 좋아하면 훌륭한 일이잖아."

"리쓰."

여전히 미심쩍다는 얼굴로 아빠가 리쓰의 이름을 불렀다.

"네?"

"정말 그게 다냐? 상대방은 너의 친절에 자진해서 돈을 지불했는데, 학교 쪽에서는 그게 마음에 안 든다는 게?"

리쓰가 거침없이 고개를 끄덕이자, 아빠는 이제야 겨우 의심이 풀린 듯했다.

"아니 고작 그런 걸 가지고."

그 말을 듣자 엄마와 소요 언니와 리쓰 그리고 나는 왠지 마음이 누그러졌고, 그다음은 재미나게 저녁을 먹었다.

밤, 소요 언니와 독서 놀이를 하고 있는데 시마코 언니가 들어왔다.

"나, 왔어."

문을 열고 얼굴을 들이민 시마코 언니는 유키 토리이의 투피스 차림에 살색 가방을 들고 택시 냄새를 풍겼다.

"응, 어서 와."

우리는 독서 놀이를 중단하고, 고개를 들어 말했다. 독서 놀이란, 간단히 말하면 그저 책을 읽는 것이다. 하지만 우리는 '놀이'를 좋아하니까, 대부분의 일을 '놀이'라 여기기로 한다. 그러면 사정이 전혀 달라진다. 예를 들어, 각자 책을 읽는 경우에도 처음부터 "독서 놀이하자." 하고 읽기 시작하면 다 같이 노는 느낌이 든다. 책을 읽는 내내 그렇다. 중요한 것은 바로 그 점이다.

"방이 따뜻하네."

시마코 언니가 침대에 걸터앉으며 말했다. 스프링 소리가 두세 번 울렸다. 스타킹에 감싸인 다리가 빈약하고 가늘어서, 유독 무릎만 툭 튀어나와 있다.

"에어컨이란 거, 참 멋지지."

내가 엄마의 말투를 흉내 내어 그렇게 말하자, 소요 언니와 시마코 언니는 진심으로 고개를 끄덕였다.

개축 공사를 한 지 7년. 집을 마당까지 확장해 방을 늘리고, 계단 밑에 창고를 만들었다. 각 방도 해충을 박멸하고 도배를 다시 했다. 그리고 그 김에 냉난방을 겸한 에어컨을 설치했다. 우리 형제들은 에어컨 설치를 몹시 반대했다. 그전에 사용했던 가스스토브를 무척 좋아했기 때문이다.

스토브는 금속제였고, 크기는 작아도 화력이 좋아 따뜻했다. 불을 붙일 때 퍽, 하는 커다란 소리가 났다. 거치적거리고 볼품없는, 번쩍거리는 색으로 코팅된 가스관, 순간적으로 피어올라 파랑, 빨강, 보라색으로 정렬하는 불길, 점점 빨개지는 석면. 그리고 서서히 온 방에 퍼지는 뭐라 형용할 수 없는 그 냄새.

우리는 모두 가스스토브를 변호했다. 그 오래된 스토브가 얼마나 튼튼하고 순종적이며 현명한지 입을 모아 아빠와 엄마에게 항변했다. 아빠와 엄마는 난감한 표정을 지었다.

그리고 최종 선언을 내린 쪽은 엄마였다.

"체호프를 읽어 보거라. '안녕, 낡은 생활! 반갑다, 새로운 생활!'"

우리의 스토브는 다른 잡동사니와 함께 업자의 트럭에 실려 어딘가로 옮겨졌다. 우리 모두는 문 앞에 서서, 스토브를 배웅했다. 몸이 슬픔으로 차올라, 아무도 뭐라 말하지 못했다.

그렇다고 새 에어컨의 성능을 부당하게 평가할 수는 없다. 그런 것은 공정하지 않다, 옳지 않다.

게다가, 모든 것은 결국 돌고 돈다. 엄마 말대로.

소요 언니가 홍차를 끓이러 아래층으로 내려간 사이, 나는 오늘의 사건을 시마코 언니에게 대충 보고했다. 인형 때문에 엄마와 리쓰가 학교에 불려가, 잔소리를 듣고 온 사건.

"어머, 심하다."

아니나 다를까 시마코 언니도 분개했다.

"인형 만드는 건, 아무 죄 없는 놀이잖아."

가늘게 그린 눈썹을 피뜩 치켜세운다.

쟁반을 들고 소요 언니가 돌아왔다. 우리는 소요 언니가 끓인 진하고 뜨거운 홍차에 우유를 따라 마시면서, 리쓰네 학교 험담을 한바탕 늘어놓았다. 얘기하면서 흥분한 시마코 언니가 무의식중에 벗은 스타킹을 돌돌 말아 가방에 넣는다. 페디큐어를 바르지 않은 발톱, 오른쪽 엄지발톱에는 세로로 검은 줄이 나 있었다. 나는 보고도 못 본 척한다.

"고토코, 너 이제 곧 생일이지?"

시마코 언니가 불쑥 물었다.

"뭐 할 거야? 스무 살 되면?"

"아직 멀었어. 2월 말인데 뭐."

일단은 그렇게 대답했지만, 지금의 나로서는 가장 건드리고 싶지 않은 화제였다.

"2월이면 금방이지."

시마코 언니는 추궁의 끈을 늦추지 않는다.

"이렇게 아무것도 안 하고 마냥 지낼 수는 없잖아."

나는 대꾸하지 않았다.

"괜찮아. 스무 살이 된다고 아빠, 엄마가 고토코를 내쫓지는 않아. 천천히 생각하면 돼."

소요 언니가 구원의 손길을 내민다.

"게다가 앞일을 생각해야 하는 건 나도 마찬가지니까."

그렇게 말하고 애처롭게 웃었다. 나나 시마코 언니나 뭐라 대꾸하면 좋을지 모른다.

"한바탕 소동이 벌어져도 괜찮겠니?"

농담인지 진담인지 모를 말투로 소요 언니는 말했다.

그다음 날, 오랜만에 후카마치 나오토를 만났다. 크리스마스 스키 여행에서 돌아온 후카마치 나오토는 설 연휴를 할머니 집에서 지내고는 또다시 스키를 타러 갔다. '이번에는 스키부 합숙 훈련처럼 거칠게 타는 친구들'과 가는 것이라며 내게는 같이 가자는 소리를 하지 않았다. 그리고 어제 막 돌아왔다.

"그럼 큰언니가 계속 집에 있겠구나."

후카마치 나오토는 공원 한 구석, 널찍한 돌계단에 걸터앉아 조용히 말했다.

"힘들겠네."

앙상한 가지만 남은 가로수, 황량하리만큼 휑한 풍경이었다.

"왜?"

나는 후카마치 나오토가 스키장에서 사다준 과자 봉지를 만지작거리며 항의했다.

"하나도 안 힘들어. 소요 언니, 얼마 전까지만 해도 우리랑 같이 살았었는데 뭐."

과자는 노랗고 조그만 비닐 껍질에 싸여 있었다. 뽀얗고 납작한 간식거리. 깨물면 와삭 부서진다. 딱딱하고 달콤하고, 연유 맛이 났다.

"아니, 너 말고 언니가 그렇겠다는 거지. 그리고 네 형부도."

포근한 감색 반코트를 입은 후카마치 나오토가 말했다. 나는 잠시 생각하고서 신중하게 대답했다.

"그래, 형부는 그럴지도 모르지."

하지만 소요 언니는.

소요 언니는 딱히 힘들어 보이지 않는다. 오늘 아침에도 꿀 바른 토스트를 두 장이나 날름 먹었고, 신문의 영화 소개란을 훑어보면서 엄마에게 같이 보러 가자고 태평하게 말했다.

"안 추워?"

후쿠마치 나오토가 물었다. 나는 괜찮다고 대답하고서, 그 표시로 모스그린색 점퍼 자락을 살짝 당겨 보였다. 리쓰에게 빌린 그 점퍼는 놀라우리만큼 따뜻하다. 검은 색 안감이 누벼져 있다.

"추워?"

되물었지만, 후카마치 나오토가 아니라고 할 것을 알고 있었다. 바람은 차갑지만, 햇살이 비치는 곳이라 의외로 따뜻하다. 더구나 후카마치 나오토는 목도리까지 하고 있다.

그것은 내가 후카마치 나오토에게 호감을 품는 이유 중 하나였다. 그것이란 방한 차림에 빈틈이 없다는 것. 코트와 목도리와 양말 그리고 튼튼한 신발, 때로는 모자와 장갑까지. 부모가 그렇게 교육한 성과인지도 모르겠다. 우리 역시 어렸을 때부터 그렇게 배우며 자랐다. 날이 추울 때는 든든히 챙겨 입어, 따뜻하고 기분 좋고 평온하게 밖에 나가야 할 필요가 있다고. 아빠

말에 따르면, 그것은 개개인에게 주어진 의무이며 그 의무를 게을리 한 탓에 추운 얼굴로 다녀서 주위 사람들에게 걱정을 끼치는 것은 실로 부끄러운 일이었다.

그런 교육은 우리들 거의 모두에게 침투했다. 멋을 부린답시고 옷을 얇게 입는 것은 궁상이고, 그러다 감기에라도 걸리면 자업자득의 얼빠진 짓일 뿐이다. 우리들 거의 모두에게, 그러니까 시마코 언니만 빼고는.

시마코 언니는 옷을 얇게 입는 걸 좋아한다. 왜 그런지는 모른다. 목이 깊게 파인 옷을 즐기는 것도 이상하다. 가슴도 절벽인데. 옷을 많이 껴입으면 뚱뚱해 보이지 않을까 걱정스러워서인지도 모른다. 시마코 언니를 보는 사람들 대부분이 5킬로그램 정도는 더 쪄야 한다고 생각하는데도.

"커피라도 사 올까?"

후카마치 나오토는 내가 대답도 하기 전에 얼른 일어났다. 나는 돌계단에 앉은 채 몸을 비틀어 뒤쪽에 있는 자동판매기를 뚫어져라 탐색한다.

"난, 피코의 밀크티."

"응, 알았어."

그렇게 말하고 후카마치 나오토는 뛰어갔다.

나는 하늘을 올려다보았다.

겨울답게, 눈이 시리도록 투명한 파란색, 구름의 아름다움이 돋보이는 1월의 하늘. 그대로 드러눕자 등과 뒷덜미가 배기고 차가웠지만, 두 눈 가득 하늘이 들어왔다.

일어나 밀크티를 마신다. 엉덩이 밑에는 주간지. 여기 앉을 때, 후카마치 나오토가 쓰레기통을 뒤져 깔아준 것이다.

나는 시마코 언니에게도 후카마치 나오토 같은 사람이 있으면 좋을 텐데, 하고 생각했다. 이렇게 맑은 날, 오후의 공원에 나란히 앉아 차를 마실 수 있는 남자가 있으면 좋을 텐데. 한동안 못 만나다 만나면, 키가 조금 큰 것처럼 보이는 남자. 따뜻하고 든든한 차림에 오랜만이라고 자연스럽게 말할 수 있고, 주머니에서 딱딱하고 달콤한 과자를 꺼내 주는 남자.

"상쾌하다."

두 손을 뒷머리에 대고 살짝 몸을 뒤로 젖히고 포갠 두 다리를 쭉 뻗으면서 후카마치 나오토가 말했다.

"이제 우리 뭐할까?"

나는 대답하지 않았다. 잠시 더 이렇게 있고 싶었다. 하지만 그렇게 말하면 공기가 미묘하게 뒤틀릴 것 같아 싫었다. 지금 이대로, 완벽한 이대로가 좋았다. 후카마치 나오토는 눈을 내리깔고, 마치 내 기분을 알겠다는 듯이 말이 없었다. 우리 둘은 불어오는 바람을 속눈썹 끝으로 맞는다.

신학기가 되어 리쓰가 학교에 다니기 시작했는데도, 소요 언니는 자기 집으로 돌아가지 않았다. 형부는 자주 전화를 걸었지만 데리러 오지는 않았다. 그 점에 대해 엄마를 제외한 우리 가족 모두는 무관심하게 대처하고 있다. 가엾은 우리 형부.

우리야 그렇다지만 아빠가 아무 말 않는 것은 놀랄 일이었다. 지금까지 아빠는 소요 언니가 놀러 왔다가 하룻밤 묵는 것조차 못마땅해했다. 그럴 때 아빠는 씁쓸한 표정으로 이렇게 중얼거렸다. 소요는 이제 쓰게 집안 사람이야.

"규율을 중요시하는 사람인데."

엄마가 스파티필룸 화분에 분무기로 물을 뿌리고 부드러운 천으로—아빠의 낡은 속옷이다—커다란 이파리를 한 장 한 장 닦으면서 혼자 웅얼거렸다.

"좀 더 단호하게 말해야지, 안 그러면 소요도 언제 돌아가야 할지 타이밍을 못 잡잖아."

그 말이 정말 혼잣말인지, 아니면 옆에서 늦은 아침을 먹고 있는 나를 향한 것인지 알 수 없었다. 내가 아무 대꾸를 하지 않자, 엄마가 다시 말했다.

"쓰게 서방도 그렇지, 좀 더 강단 있게 대처할 수도 있잖아? 남편인데."

엄마가 분무기와 천을 시장바구니에 담고서, 복도로 나가 계단 밑에 있는 창고에 갖다 넣는다. 탁, 창고 문이 닫히는 소리.

"큰언니 고집이 이만저만해야지."

복도에 있는 엄마에게도 들리게 말했다. 나는 두 개째 먹을 브리오슈를 포일에 싸서 오븐 토스터에 넣고 커피를 더 따르려 부엌으로 간다.

"아무튼."

부엌으로 돌아온 엄마는 손에 비둘기 사브레 깡통을 들고 있었다. 엄마는 그 깡통 속에 가게에서 받은 쿠폰을 모으고 있다.

"아무튼 아빠에게 단단히 이르라고 해야겠다. 조만간, 꼭."

단단히, 가 어떤 의미이든 심상치 않은 일이 벌어질 듯했다.

"쿠폰하고 책, 어느 쪽이 좋니?"

엄마의 물음에 나는 "책."이라 대답하고 따끈따끈한 브리오슈를 한입 가득 오물거렸다. 가게에서 받은 쿠폰은 쿠폰첩에 일일이 풀로 붙여야 한다. 쿠폰첩 한 권에 500엔이 할인된다. 엄마는 거실 테이블에 쿠폰첩을 펼쳐놓고서 깡통 뚜껑을 열고 손에 풀을 든다.

"그럼 이 책 좀 읽어줄래. 또박또박. 책갈피 껴 있는 데부터."

등을 꼿꼿하게 세우고 엄마가 말했다. 나는 브리오슈를 오물거리던 입에 엷게 끓인 커피를 한 모금 머금는다.

오후에 세탁소 집 딸이 불쑥 놀러왔다. 학교에서 돌아오는 길인지 두툼한 책 두 권을 껴안고 있었다. 알록달록한 루프 실로 짠 스웨터에 짧은 울 스커트 차림.

"이제 곧 시험이야."

그렇게 말하더니, 눈썹을 살짝 찡그린다.

"고토코는 좋겠다, 천국이잖아."

가느다란 손가락이 찻잔을 들어올린다. 홍차는 소요 언니가 끓여주었다.

"나오토 씨와는 잘 돼가니?"

나는 당당하게 고개를 끄덕인다.

"응, 정말 좋은 사람이야."

그렇게 대답하고, 홍차를 마신다.

"좋겠다, 좋겠다, 진짜 좋겠다."

세탁소 집 딸은 기쁘다는 듯이 울리는 목소리로 잇달아 세 번을 말했다. 나는 멍하니 있다가, 그만 참을 수 없어 웃고 만다.

"무슨 소리야, 그게."

나는 눈 앞에 앉아 있는, 성격이 꾸밈없어 좋은 동창생을 물끄러미 바라보았다. 남의 집 아이들이란 참 신기하다.

"너, 기시코가 연하장 보냈던?"

아니, 하고 대답하면서 나는 귀에 익은 그 이름이 누구를 말하는지 생각해내려 애썼다.

"대학, 그만뒀대. 유학 떠난다고 쓰여 있더라."

"……그러니."

보나마나, 내 기억 어딘가에 결함이 있으리라.

"아깝지 않나? 입학금이나 수업료도 그렇고, 공부할 기회도."

그렇게 말하고 세탁소 집 딸은 어깨를 허풍스럽게 들먹였다.

"책임감 없이 덜렁거리는 것처럼 보여도 실속은 차리는 게 요즘 여대생인데."

세탁소 집 딸은 그렇게 덧붙이고는 재미나다는 듯 웃는다.

"홍차, 더 마실래?"

빈 찻잔을 보면서 묻자, 세탁소 집 딸은 소파에 파묻히듯 깊이 앉아 말했다.

"아니, 됐어. 고마워."

무릎에는 하얀 손수건이 펼쳐져 있다. 하늘하늘 얇고 하늘색 테두리를 두른 손수건.

"다녀왔습니다."

문이 열리고 리쓰가 들어왔다. 5시 4분 조금 넘어.

"어머, 동생?"

"안녕하세요."

세탁소 집 딸의 말에 리쓰는 마치 예절 바른 어린애처럼 고개

숙여 인사했다.

"엄마는?"

"2층에. 윌리엄이랑 스모 보고 있어."

"큰누나는?"

"2층에 있을걸. 조금 전까지 여기 있었지만."

리쓰는 석연치 않다는 표정이다.

"현관에 슬리퍼가 있던데."

"정말?"

소요 언니는 처음에는 손님용 슬리퍼를 사용했지만, 그러다 얼마 전에 자기 집에서 제 슬리퍼를 들고 왔다.

"됐어."

리쓰는 보기 좋게 싱긋 웃고는, 다시 세탁소 집 딸에게 인사하고 나갔다.

"그럼, 천천히 노세요."

복도 저리로 멀어졌다가 계단을 오르는 발소리가 났다.

나는 뒤따라가 리쓰에게 동동 매달려 같이 놀고 싶은 마음에 엉덩이가 들썩거렸다.

"고등학생이니?"

세탁소 집 딸이 묻는다.

"아니, 중학생."

아직 어린애라는 뜻을 담아 나는 딱 부러지게 정정했다. 물론 3월에 졸업한다는 말은 하지 않았다. 묻지도 않았으니까.

"이제 그만 가야겠다."

세탁소 집 딸이 손수건을 접어 조그만 백에 넣고 일어선다.

"6시부터 8시까지 가게 봐야 돼서."

현관에서 구두를 신는다.

"불쑥 나타나서 미안해. 그리고 만나서 좋았고. 어떻게 지내나 궁금했거든."

현관에서 나는 목소리와 발소리에 2층에서 엄마와 리쓰가 내려왔다. 손님이 돌아갈 때는 늘 그렇다. 가족 전원이 모여 배웅하는 것이 우리 집 습관이다. 여기저기서 가족들이 줄줄이 튀어나와 손님들은 내심 놀라는 눈치지만. 오늘은 셋뿐이라 그나마 낫다.

"잘 놀다 갑니다."

세탁소 집 딸이 고개 숙인다.

"날이 어두워졌으니까 조심해서 가. 부모님께도 안부 전하고."

엄마는 손에 자를 쥐고 있다. 30센티미터짜리, 구닥다리 대나무 자다. 뒷면에는 시마코 언니의 이름이 사인펜으로 적혀 있다. 그래서 스모를 보면서 여성잡지를 읽고 있었다는 것을 알았다. 여성잡지는 크고 무거우니까, 엄마는 자를 책갈피 대신 사용한다. 자를 지렛대 삼아 읽고 있던 페이지를 단번에 펼칠 수 있도록.

"네, 그럴게요."

묵직한 철제문을 열고서 세탁소 집 딸은 돌아갔다.

"네 언니는?"

문이 닫히자마자 엄마가 내 얼굴을 보면서 물었다.

리쓰가 말한 대로 소요 언니의 슬리퍼는 벽장 안에 있었다.

"난 모르겠는데."

집 안쪽의 불빛 탓에, 우리 셋이 멍하게 서 있는 모습이 유리문에 비쳐 있다. 바깥 어둠을 배경으로, 붉은색 줄무늬로 나뉜 채.

신난 운송, 이라는 운송회사는 시마코 언니가 초등학교에 입학하던 해에 생겼다고 한다. 무릎보다 약간 높은, 꼭대기가 군데군데 깨져 삐죽빼죽한 콘크리트 울타리—그것을 울타리라 부를 수 있다면—에 걸터앉아 나는 눈 앞 도로 위로 흘러가는 차들을 바라보았다. 간선도로는 밤 12시가 넘어서도 차들이 많이 다니기 때문에 좋아한다. 평일 이 시간대에는 택시가 많다.

"그 이상하게 생긴 콘크리트 울타리, 시마코, 갈 때나 올 때, 거기 지날 때면 언제나 그 위로 걸었어."

언제였나, 소요 언니가 그런 말을 한 적이 있다.

"그 갈림길에 있는 거 말이야?"

"응, 이차로 사이 삼각 지대에 있는 운송회사."

나와 리쓰는 사립 초등학교—버스를 타고 다녔다—에 다녔기 때문에 달랐지만, 시마코 언니와 소요 언니는 날마다 그 운송회사 옆을 지나 학교에 갔다고 한다.

"두 팔을 옆으로 수평하게 뻗고 머리는 똑바로 세우고 발끝으로 한 걸음 한 걸음. 평균대로 여겼던 거지, 시마코는."

그렇게 말하던 소요 언니는 그때를 그리워한다기보다 쓸쓸해 보였다. 통통한 옆얼굴을 살짝 옆으로 기울이고, 눈 밑에는 속눈썹 그림자가 어려 있다.

나는 모스그린색 점퍼 주머니에서 두 손을 꺼내 목에 건 망원경을 들여다본다. 거뭇거뭇한 밤의 도로, 그 너머에는 밭. 오른쪽에서 왼쪽, 도심에서 교외를 향해 흘러가는 자동차의 하얀 불빛.

소요 언니는 교문까지만 시마코 언니 옆에 있을 수 있었다. 그 앞에는 서로 다른 생활이 있었다. 세 살 아래 시마코 언니가 따돌림을 당한다고 해서, 소요 언니가 과연 어떤 도움을 줄 수 있었을까.

나는 일어나 플레어스커트를 입은 엉덩이를 털었다. 콘크리트 울타리에 한쪽 다리를 올려놓고 몸을 앞으로 쑥 내밀듯 힘주어 올라서서는 두 팔을 양 옆으로 뻗었다. 그리고 머리를 똑바로 쳐들고 걸어본다. 발끝으로 한 걸음 한 걸음, 천천히. 울타리는 표면이 하도 삐죽빼죽해서 시마코 언니에게 받은 하양과 검정 줄무늬 앵글 부츠의 두툼한 바닥을 통해서도 그 날카롭고 올록볼록한 감촉이 전해진다. 그 시절에는 표면도 편평하고, 묵직하게 안정감 있었을 시마코 언니의 평균대.

두 발을 모으고 땅으로 뛰어내리는데 목에 건 망원경이 덜렁거리다 가슴에 부딪쳤다.

육교는 아이보리색, 옆면에 선명한 검은색으로 주소가 적혀 있다. 계단에 가린 둥그렇고 커다란 기둥에는 매직과 연필, 스프레이, 크레파스 등 다양한 필기구로 휘갈긴 잡다한 낙서. 옆에 밝은 가로등이 있어, 늦은 밤 산책을 할 때면 그 낙서를 읽는 것도 한 재미다. 여전히 '꼴통'이 많다. '죽어버려'와 '좋아해' 그리고 여러 가지 이름, 사랑 표시, 스누피와 가필드의 얼굴.

육교 위에서 보는 도로는 마치 선로 같다. 왜 그런지는 모르겠지만. 나는 망원경으로 최대한 멀리 본다. 조그만 빌딩의 옥상, '文'이라는 표시가 붙어 있는 전신주, 전선. 그리고 똑바로 위로 올라가 밤하늘을 보았다. 달과 별의 크기는 눈으로 볼 때와 그리 다르지 않다.

망원경은 리쓰 것이다. 검은 케이스에 들어 있다. 리쓰의 열 살 생일 때 아빠와 엄마가 사준 것인데, 아주 편리하다. 넓은 홀에서 콘서트를 볼 때나 외야석에서 야구 경기를 관람할 때 맹활약한다. 리쓰는 그것을 옷장에 보관한다. 그리고 부탁하면 언제든 빌려준다.

그 외에도 리쓰 방에는 편리한 것들이 많다. 송곳과 군용 나이프, 순간접착제와 귀마개, 나침반. 그래서 뭐가 필요할 때면,

나는 우선 리쓰의 방에 가서 찾는다.

  육교 위는 땅 위보다 공기가 조금 더 맑은 듯하다. 춥고, 별이 별로 없는 밤이다. 두 손을 주머니에 집어넣는다. 육교를 건너 반대쪽 보도로 내려선다. 바로 옆에는 사람 없는 전화 부스. 불빛만 환했다.

  소요 언니가 사용하는 향수는 향이 아주 은은하다. 이름이 뭔지는 모르겠지만, 프리지어 향기. 청결하고 부드럽다. 소요 언니의 향수는 언니에게 참 잘 어울린다.

  "결심이 섰어."

  소요 언니가 그렇게 말한 것은 1월의 마지막 수요일이었다. 나와 엄마와 소요 언니, 셋이서 비디오를 보기로 한 때였다. 엄마가 보고 싶다고 해서 낮에 내가 빌려온 〈길〉.

  "1년에 한두 번은 젤소미나의 그 커다란 눈이 무지막지하게 보고 싶어지거든."

  엄마는 그렇단다. 비디오 볼 준비를 하기 위해 다 마른 빨래를 테이블에 산더미처럼 올려놓고 다리미판을 펼치면서 엄마는 일찌감치 테마곡을 흥얼거렸다. 나는 그 옆에서 밀크티를 마시면서 아빠 서재에서 가져온 책을 읽고 있었다. 『임금님의 등』이라는 동화책이다. 그렇게 둘이서 소요 언니를 기다리고 있었다. 소요 언니가 목욕을 끝내고 나오기를.

"얘 왜 이렇게 안 나오니."

엄마가 시계를 보고서 말한다. 소요 언니가 욕실에 들어간 지 40분 가까이 지났다.

"정말."

나는 냉장고를 보며 대답했다. 냉장고에는 소요 언니가 비디오를 보면서 먹자고 만든 체리 섞인 초콜릿 케이크가 들어 있다.

평소 소요 언니는 목욕 시간이 긴 편이 아니다. 30분 정도다. 엄마도 30분, 아빠는 20분, 리쓰도 대충 그 정도. 우리 집에서 가장 오래 걸리는 사람은 나다. 언제나 한 시간 정도. 반대로 시마코 언니는 물만 혹 끼얹고 나오는 식이다. 시마코 언니는 목욕을 하다 보면 숨이 턱턱 막히고 가슴이 답답해진다고 한다.

"보고 올게."

내가 그렇게 말하는 바로 그때, 욕실 문이 열리는 소리가 들렸다.

"미안해, 너무 오래 있어서."

발갛게 달아오른 볼과 검고 매끄럽게 빛나는 젖은 머리칼, 가운 차림의 소요 언니가 거실로 들어온다. 캐모마일 샴푸 향.

"물이 따끈하고 참 좋더라."

"그랬어."

엄마가 다리미판에 손수건을 펼쳐놓고 분무기로 물을 뿌린 후에 다림질을 시작한다.

"고토코가 케이크 먹고 싶다고 목이 빠지게 기다렸어."

"엄마야말로."

나는 반론한다.

"엄마야말로 왜 이렇게 안 나오느냐고 했으면서. 재촉하는 것처럼 젤소미나 노래도 흥얼거리고."

"결심이 섰어."

목욕물이 따뜻하고 좋았다는 소리와 똑같은 말투였다. 나나 엄마나 입을 다물고 말았다.

"나, 쓰게 씨와 헤어질 거야."

냉장고에서 물병을 꺼내 컵에 따르면서 소요 언니가 말했다.

"이혼할래. 도장 꼭 받아 올 거야."

조그만 컵에 찰랑거리는 물을 다 마시고서 소요 언니는 만족스럽게 한숨을 쉬었다.

"오래 기다렸지. 이제 비디오 켜도 돼."

미소를 머금은 차분한 목소리라서 소요 언니에게 이미 망설임이 없다는 것을 알 수 있었다.

나는 손에 쥐고 있던 리모컨의 세모꼴 재생 버튼을 누른다. 잠시 검은 화면이 비치다가 개인시청용 비디오의 주의 사항이 흐르고 배급사의 로고가 뒤를 잇는다. 그리고 흑백 자글자글한 화면.

"아니, 좀 꺼봐."

간신히 엄마가 입을 열었다. 나는 이내 리모컨의 네모꼴 정지 버튼을 누른다. 그리고 조용히 버튼.

"설명도 없이?"

낮지만 엄한 목소리였다.

"물론 할 거야. 할 수 있는 한."

그렇게 말하는 소요 언니의 목소리가 진솔해서 오히려 허황되게 울렸다. '할 수 있는 한'에서는 목소리가 작아졌는데, 무게는 오히려 그 말에 실려 있었다.

"할 수 있는 한이라니."

엄마가 당혹스런 표정을 짓는다. 나는 소파에 앉아 두 발을 테이블에 올려놓고, 두 손으로 리모컨을 쥐고 대기한 채 사태의 추이를 지켜보았다.

5초 정도 침묵이 이어지고, 엄마가 먼저 말을 꺼냈다.

"글쎄, 뭐라고 말을 해야 할지."

소요 언니의 고집은 누구도 꺾지 못한다.

"엄마는 너희들 생각을 전혀 모르겠구나."

다시 손수건에 다림질을 하면서 엄마가 말한다.

"쓰게 서방, 좋은 사람이잖아. 성실하고 착하고. 게다가 소요 네가 좋다고 한 사람이잖니."

거의 혼자 중얼거리듯 말하면서 엄마는 울분을 공기 중에 터뜨린다. 나와 소요 언니는 엄마 머리 너머로 눈길을 주고받았다.

"정말 모르겠다니까, 왜들 그러는지."

중얼중얼 혼자 말하면서도 엄마는 손수건을 다려 옆에다 차곡차곡 쌓는다. 그렇게 자기 마음을 진정시키는 것이다.

"쓰게 서방도 참 안됐다. 좋은 사람인데."

엄마는 같은 말을 되풀이했다. 하지만 그것은 이미 과거의 사람에게 하는 말투였다. 신문의 부고란을 보면서, 어머나 좋은 배우였는데, 라고 할 때처럼.

"케이크 먹자."

나는 그렇게 말하고 비디오를 다시 틀었다.

다음 날, 소요 언니는 자기 집으로 갔다. 나는 자느라 몰랐는데, 아침 식탁에서 아빠는 아무 말이 없었다고 한다. 늘 먹는 메뉴—실론티 두 잔, 반숙 계란 한 개, 바나나 한 송이—를 묵묵히 입에 담는 아빠와 왠지 안절부절못하는 엄마, 여느 때처럼 멍하고 새침한 소요 누나, 넷이 먹는 아침 식사 분위기가 어색하고 이상했다고 밤에 리쓰가 보고해주었다.

"버스 정거장까지 같이 갔는데, 큰누나 생생하던데."

퍼즐의 조그만 조각 하나하나를 끈질기게 맞춰나가면서 리쓰는 말했다.

"현관에서 신발 신을 때, 매형이랑 얘기 잘 나눠보라고 엄마가 몇 번이나 말했어."

"……그러니."

"큰누나가 탈 버스가 먼저 왔는데, 한가운데 자리에 앉아서 바로 창문 열어서 창틀에 턱을 괴고 고개는 앞으로 돌렸어."

"……그랬구나."

"팔꿈치가 하얗더라."

단편적으로 얘기하는 리쓰의 뒷머리 모양이 아주 예뻤다. 아기 때 엎드려 재우면 이렇게 된답니다, 의 표본 같은 모양. 갸름한 얼굴이 뒤로는 풍성한 곡선을 그린다. 나는 리쓰의 뒷머리를 쓰다듬는 걸 좋아한다.

"어떤 그림인데?"

가로 40센티미터 세로 30센티미터 정도의 테두리 안쪽만 차 있을 뿐 가운데는 거의 빈 퍼즐을 보면서 나는 물었다.

"인형 셋이 창문에서 밖을 바라보는 그림이야. 창밖은 정원인데 숲이 울창하고, 아무 소리도 안 나서 조용해."

인형은 나무로 되어 있는데 다 얼굴이 갸름하고, 여자 하나에 남자 둘, 남자 하나는 턱수염을 길렀어, 하고 리쓰가 덧붙인다.

"아주 예쁜 그림이야."

나는 퍼즐 조각 모양으로 선이 그려진 회색 퍼즐판을 쳐다보았다. 느낌 없는 공백. 아직 아무것도 알 수 없다.

"보고 싶다, 그림."

나는 그 위에다 창문에서 밖을 바라보고 있는 세 인형을 상상해보려 했다.

"열심히 할게."

여전히 퍼즐을 내려다보면서 리쓰가 말했다.

우리가 처음 맞춘 퍼즐은 밤비 그림이었다. 10년 전쯤, 놀러 온 작은 아빠에게서 슈크림과 함께 받았다. 넷이서 머리를 맞대고 맞췄는데, 그중에서 시마코 언니가 가장 열을 올렸다. 완성할 때까지 밥도 안 먹겠다고 할 정도여서, 정말 뭐에 홀린 것 같았다. 그 결과, 저녁때 맞추기 시작한 숲의 밤비 그림이 한밤중에 완성되었다.

그 후에도 시마코 언니는 퍼즐을 사 와서 열심히 맞췄다. 하이디 그림, 로베르 두아노의 사진, 크리스마스 시즌에는 어느 외국 거리의 풍경. 시마코 언니는 퍼즐을 한번 시작했다 하면, 끝날 때까지 다른 것은 거들떠보지도 않았다. 자기 방에 틀어박혀 잠자고 밥 먹고 목욕하는 시간조차 아까워하면서.

완성된 퍼즐을 어떻게 했는지는 모른다. 시마코 언니의 역작이 언니의 방에는 하나도 걸려 있지 않다.

 리쓰까지 셋이서 만나자고 한 것은 후카마치 나오토의 생각이었다. 그는 전부터 고토코의 '어린' 동생을 꼭 만나보고 싶다고 말했다.
 "좋아."
 리쓰에게 전했더니 두말없이 그렇게 대답하기에 당장 주말에 만나기로 했다.
 "왠지 긴장되는데."
 전날, 통화를 하면서 후카마치 나오토는 그렇게 말했다.
 "무슨 얘기를 해야 하나."
 정말 설레 하는 투였다.
 "만나고 싶다면서."
 나는 웃으면서 말했지만, 후카마치 나오토는 난감하다는 듯이 웅얼거렸다.
 "……응, 그야 만나고 싶지."
 "괜찮아."
 나는 살짝 놀랐다.
 "리쓰는 착한 아이고, 무엇보다 아직 어린앤데 뭐."

대답 대신 후카마치 나오토는 소리 없이 웃었다.

전화를 끊은 후, 리쓰 방에 갔다. 리쓰의 방은 따스하고, 뽀륵뽀륵 가습기에서 나는 소리와 에디 리더의 정겹고 차분한 노래 소리가 벽과 천장에 가득했다. 한걸음 들어서는 순간, 리쓰의 방은 언제나 바깥세상으로부터 차단된 느낌이 든다.

"뭐하니?"

"숙제."

책상을 향한 자세로 리쓰가 대답한다.

"웬일로. 오늘은 학교에서 안 했어?"

꼼꼼하고 부지런하다기보다, 합리적으로 사고하는 리쓰는 숙제를 보통 학교에서 다 한다.

"6교시에 내준 숙제야."

"그렇구나."

리쓰는 늘 똑같다. 나는 후카마치 나오토를 생각했다. 그리고 나 자신을.

"나, 밀크티 한 모금 마셔도 돼?"

내일 일을 생각하자, 왠지는 모르지만 가슴이 두근거렸다.

"그럼."

사전을 펼치면서 리쓰가 말한다.

"좀 식었을지도 몰라."

하지만 홍차는 충분히 따끈했다.

"아, 참."

리쓰가 돌아보았다.

"완성했어, 그 퍼즐."

서랍을 열면서 말한다.

정말 그것은 초록색 그림이었다. 톤이 서로 다른 갖가지 초록, 그것도 아주 고요한 초록.

놀라웠다. 평온하고 잔잔하면서도 섬세한 색 그리고 그늘진 느낌.

"여름이 끝나갈 무렵의 색, 설록차 이파리 같은 색이지."

리쓰의 표현이 딱 맞았다. 그리고 그 초록 속에서 인형들은 몹시 왜소하게 보였다. 리쓰 말대로 여자 하나에 남자가 둘인 인형이고, 남자 하나는 턱수염을 기르고 있다.

"절망한 것처럼 보인다, 이 인형들."

내가 그렇게 말하자 리쓰는 의외라는 듯이 눈을 부릅떴다.

"따분해서 그런 거야."

듣고 보니 그런 것도 같았다.

I NEARLY FORGOT WHO I WAS, I NEARLY FORGOT WHO I WAS, I NEARLY FORGOT WHO I WAS, 에디 리더가 노래하고 있다.

후카마치 나오토와는 야마노 악기에서 만나기로 했다. 약속 장소를 CD가게로 하면 어느 한 쪽이 늦더라도 불편할 게 없잖아, 라고 리쓰가 말했기 때문이다.

하지만 누구도 늦지 않았다. 내가 후카마치 나오토를 발견했을 때―후카마치 나오토가 나를 발견했을 때, 라고 해야 맞는지도 모른다. 아무튼 우리가 서로를 알아보았을 때―리쓰는 새로 나온 CD를 물색하느라 정신이 없었고, 시계는 약속 시간인 2시 전이었다.

"안녕."

내가 먼저 말했다. 그 목소리에 옆에 있던 리쓰가 고개를 들었다.

푸르트 팔러는 손님들로 북적거렸다. 여기는 늘 이렇게 사람이 많다. 테이블이 작고, 시끌시끌하다. 그런데도 우리는 어렸을 때부터 이 가게를 좋아했다.

"난 그레이프 젤리로 할까나."

메뉴를 죽 훑어보고서 후카마치 나오토가 말했다. 나는 일단 그러냐고 대답했지만, 내가 보고 있는 메뉴판에서 눈을 떼지 않았다. 리쓰도 물론 그렇다. 이 가게에 오면 뭘 주문하면 좋을지 늘 망설이고 만다.

"여기, 자주 와?"

거북살스러운 듯 후카마치 나오토가 묻는다.

"온통 여자들이군."

조그만 의자에 몸을 웅크리듯 앉아 있는 후카마치 나오토. 리쓰가 고개를 쑥 들고 주위를 돌아보면서 조그만 소리로 말한다.

"정말 그러네."

"그래도 팥빙수 가게 같은 곳에 비하면 남자들도 많이 오는 편이야. 여자 친구랑 같이 온 남자도 있고, 양복 입은 아저씨도 가끔은 보이는걸."

어느 쪽이든 위로하거나 달래려는 뜻은 없었다. 유리문으로 큰길이 내려다보인다.

"흠, 그래."

후카마치 나오토가 대꾸했다. 창밖은 구름 진 하늘이다.

"난 멜론 파르페로 할래."

리쓰가 불쑥 말했다.

주문을 하고 나자 셋 다 갑자기 맨송맨송해졌다.

여점원이 리쓰의 멜론 파르페와 후카마치 나오토의 그레이프 젤리와 나의 삼색 바바루아를 가져왔다. 하나씩, 탁 탁 소리 내며 테이블에 내려놓는다.

그 순간이었다.

리쓰가 후카마치 나오토 몫의 그레이프 젤리를 보자마자 몸을 앞으로 쑥 내밀고는 집게손가락으로 투명한 포도색 젤리를 콕콕 찔렀다. 누구보다 리쓰 자신이 가장 놀랐으리라고 생각하지만, 그것은 정말 예상치 못했으리만큼 크고 시원스럽고 옛날식으로 단단하고 탄력 있어 보이는 젤리였다.

"……리쓰?"

나는 동생의 얼굴을 쳐다보았다. 가족 아닌 사람 앞에서 그렇게 행동하는 리쓰를 처음 본다.

"맛있겠는데."

속으로는 놀랐을 후카마치 나오토가 그렇게 말하고는, 아무 일 없다는 듯이 스푼을 들었다.

나와 리쓰는 침묵했다. 매너나 예의의 문제가 아니라, 누구에게 비밀을 엿보인 듯한 기분이 들어서였다.

후카마치 나오토는 그런 우리 속내를 전혀 눈치채지 못했다는 듯이 그 탱글탱글한 음식을 열심히 입으로 날랐다.

시마코 언니에게 이변이 생겼다.

남자 때문, 이라고 생각하지만 전례가 있으니 확신할 수는 없었다. 아무튼 오늘밤, 시마코 언니가 조금은 즐거워 보인다. 언니가 즐거워하면 왠지 모르게 나까지 기뻐진다.

"빨리 왔네."

10시 조금 전이었다.

"가끔은 일찍 와야지."

그렇게 대답한 시마코 언니의 얼굴에 어쩐 일로 화장기가 없었다. 나는 종이접기를 하고 있었다.

"어머, 이거 뭐야?"

시마코 언니가 내 발치를 보면서 묻는다.

"리쓰가 줬어. 예쁘지?"

나는 일어나 벽에 세워둔 퍼즐을 들어올렸다. 설록차 이파리 같은 색의 숲에 에워싸인 인형 그림이다.

"이 방의 엷은 초록색 커튼에 잘 어울리지?"

하지만 시마코 언니는 이미 퍼즐을 보고 있지 않았다.

"그 발톱, 어떻게 된 거야?"

내 발끝을 빤히 쳐다보면서 비난 섞인 목소리로 말한다.

"차갑고, 겨울답잖아."

나는 파란색 페디큐어를 바른 상태였다.

"기발하네."

어이없다는 듯이, 그러나 어딘가 모르게 언니다운 여유로운 말투로 시마코 언니가 말한다.

"차 마실래?"

나는 종일 일하고 들어온 언니에게 물었다.

"좋지."

시마코 언니는 주근깨가 살짝살짝 난 코를 찡그리며 웃고는, 옷을 갈아입으려고 방을 나갔다.

차를 끓이러 부엌에 내려가기 전에 나는 리쓰 방에 들렀다. 노크를 하고, 리쓰의 대답을 듣고서 문을 연다. 리쓰는 에어컨을 세게 틀어놓은 채, 환기를 위해 창문을 열어놓고 크림색 무릎담요까지 덮고서 책상 앞에 앉아 있었다. 그 뒷모습에 동글동글한 뒤통수. 닫혀 있는 안전한 공간.

"리쓰."

나는 복도에 서서 어린 남동생의 이름을 불렀다. 동생은 돌아보지 않는다.

"리쓰."

다시 한 번 부르고 다가가자 겨우 고개를 든다. 열중하고 있었던 것이다. 책상 위에는 벌거벗은 인형이 엎드려 있다.

"작은누나 들어왔어. 같이 차 마시자."

나는 그렇게 말하고, 인형의 검은 레이스 달린 조그만 속옷을 손가락 끝으로 콕콕 찔렀다.

"무슨 좋은 일이 있었나 봐."

"오호, 그래."

리쓰가 의자를 뒤로 당기고 일어선다. 그리고 인형의 헝클어진 단발머리를 가다듬어놓고, 책상 스탠드를 껐다.

"미망인 피겨라고 해, 이거."

꽤 재미나다는 듯 말한다. 유난히 다리가 긴 인형이었다.

엄마가 학교에 다녀온 후로, 우리 집에서는 리쓰의 인형 만들기 작업이 오히려 공공연한 것이 되었다. 리쓰는 상대의 마음이야 어떻든 앞으로는 절대 돈을 받지 않겠다고 약속했다.

계단에서 아빠와 스쳤다. 아빠는 한 손에는 따끈한 코코아 잔을, 또 한 손에는 책을 들고 올라오고 있었다.

"어디 나가니?"

스쳐 지날 때 아빠가 물었다.

"아니, 차 끓일 거예요. 작은언니랑 셋이 마시려고요."

"그러냐."

아빠는 무표정하게 말했지만, 안경 속 눈빛은 안심하는 기색이었다.

"다다미방에 마들렌 있으니까, 먹고 싶으면 갖다 먹어라."

아빠는 그런 말을 남기고 침실로 사라졌다. 다다미방이란 아빠 방을 말하는 것이다.

"네."

나는 계단을 다 올라가 침실로 들어가는 아빠의 꾸부정한 등을 바라본다. 이제 뒤이어 엄마가 유탐포를 안고 올라오리라.

"안녕히 주무세요."

옆에서 리쓰가 큰 소리로 말했다.

어렸을 때는 아빠가 언제 잠드는지 몰랐다. 아빠는 아침에 내가 일어나면 벌써 일어나 신문을 읽고 있었고, 내가 잘 때는 대개 다다미방에서 책을 읽고 있었다. 가끔 한밤중에 깨서 화장실에 갔을 때, 다다미방에 불이 켜져 있으면 무척 안심이 되었다.

소요 언니가 일단 자기 집으로―본인 말로는 매듭을 지으러―돌아갔기 때문에 오랜만에 내 방이 안정감을 되찾았다. 옷걸이에 걸린 원피스와 치마, 아니에스 B 여행 가방, 잠옷, 화장품과 화장품 케이스 그리고 그런 것들의 주인인 소요 언니. 제자리를 몰라 허둥대는 물건들이 방에 있다는 것은 자신도 모르게 숨이 답답해진다는 뜻이다. 소요 언니 잘못은 아니지만.

"리쓰, 오랜만에 보네."

캐모마일 잔을 손에 들고 침대에 걸터앉은 시마코 언니가 말했다.

"그러네. 좀 됐지."

바닥에 앉은 리쓰가 말한다.

"누나가 아침을 안 먹으니까 그렇지."

리쓰가 시리얼과 계란, 삶은 채소에 홍차—우리 형제는 모두 아침을 그렇게 먹고 자랐다. 고등학교를 졸업할 때까지는 그 메뉴를 마음대로 바꿀 수 없다—를 먹는 동안 시마코 언니는 보통 세면실에서 머리 손질을 하고 공들여 화장을 한다.

"건강해 보이네."

"그럼."

리쓰는 고개 숙인 채 마들렌 껍질을 벗기고 있다.

"그 목에 건 거는 뭐야?"

리쓰가 목에 걸고 있는 플라스틱 개구리를 보고서 시마코 언니가 물었다. 언젠가 시부야의 한 가판대에서 산 텀블링하는 개구리다.

"아, 개구리. 고토코 누나가 줬어."

흐음, 하면서 시마코 언니는 살짝 얼굴을 찡그렸다. 길바닥에서 말라비틀어진 지렁이를 봤을 때 같은 표정.

우리는 잠시 말없이 각자 차를 마셨다. 차는 따끈하고, 마른 풀 같은 냄새가 났다. 도중에 시마코 언니가 베란다에 나가 담배를 피웠다. 리쓰는 책꽂이에서 멋대로 책을 꺼내 읽고 있다. 나는 마들렌을 두 개 먹었다.

"목욕이나 할까."

시마코 언니가 그렇게 말하고서 빈 잔을 쟁반에 내려놓을 때까지, 우리 셋은 그렇게 망연히 차를 마셨다.

때로 인생에 대해 생각한다.

태어나서 죽을 때까지의 시간에 대해, 그동안에 생기는 일과 생기지 않는 일에 대해, 갈 장소와 가지 않을 장소에 대해 그리고 지금 있는 장소에 대해.

대개는 낮에 인생을 생각한다. 그것도 아주 날씨가 좋은 낮. 싸늘한 부엌에서. 전철 안에서. 교실에서. 아빠를 따라간 탓에 혼자서만 심심한 책방에서. 그런 때, 내게 인생은 비스코에 그려진 오동통한 남자애의 발그레한 얼굴처럼 미지의 세계이며 친근한 것이었다. 내 인생. 아빠 것도 엄마 것도 언니들 것도 아닌, 나만의 인생.

"무슨 생각해?"

유난히 하얀 천장을 쳐다보고 있던 내 눈 앞으로 후카마치 나오토가 눈에 탄 얼굴을 쑥 내밀었다. 호리호리한 몸과 균형이 맞지 않는 굵고 튼실한 쇄골. 만지고 싶어 손이 근질근질했다.

"좋은 거."

나는 살짝 눈을 감고서 대답한다. 후카마치 나오토의 쇄골에서 마음을 돌리기 위해서다.

"멋진 일."

생각해도 안 해도 그만인 인생이라는 것. 저절로 움직이는 경치. 그쪽에서 성큼성큼 다가오는 것.

눈을 뜨자, 아직도 후카마치 나오토의 얼굴이 눈 앞에 있었다.

"무슨 좋은 일 있었어?"

궁금하다는 표정이다.

"아니, 별로."

대답하며 고개를 저었다. 두 손을 뻗어 후카마치 나오토의 쇄골을 더듬는다. 툭 튀어나온 따스한 쇄골. 쿠후후후, 나도 모르게 웃음을 흘리고 만다.

호텔방에 창문이 없어 자칫 잊을 수도 있지만, 밖은 지금 한낮이다. 들어올 때, 쓰레기 집적소 옆에서 고양이가 잠자고 있었다. 기분 좋게 눈을 가물거리면서.

침대에서 일어나 후카마치 나오토에게 누우라고 하고서, 내가 좋아하는 장소—배꼽 바로 아래 털이 조금 돋아 있는 부분. 쏙 들어갔고, 체온이 높아 따끈한 곳—에 볼을 대기 위해 무릎을 꿇고 앉아 몸을 구부렸다.

호텔에서 나와 내리막길을 내려가는 도중에 있는 카페 프론토에서 커피를 마셨다. 후카마치 나오토는 핫도그도 먹었다. 좁은 입구 너머, 화창한 하늘 아래로 시부야가 보인다.

"인생 얘기 해봐."

내가 말하자, 후카마치 나오토는 입을 우물거리다 말고서 되물었다.

"인생? 나의?"

이상하다는 듯이, 그러나 절대 놀란 투는 아닌 그 사람 특유의 차분한 표정으로. 서서 먹는 게 어울리지 않는 사람, 이라고 생각했다. 키가 너무 커서인지도 모른다. 카운터에 기댄 자세가 어정쩡하다.

"우리 엄마는."

커피에 크림을 더 따르면서 내가 말했다.

"우리 엄마는, 키를 길게 발음해. 왠지는 모르지만."

후카마치 나오토가 눈을 동그랗게 뜨고서 또 되묻는다.

"키? 키이?"

"응. 그러니까 널 보면 틀림없이 이렇게 말할 거야. 어머나, 키이가 크네."

"아아, 그 키."

후카마치 나오토가 귀엽게 웃는다.

"키가 컸어. 어렸을 때부터."

"……그랬구나."

나는 어린 시절의 후카마치 나오토를 상상해보려 했다. 아주 어려운 작업이었다. 네 살과 일곱 살과 열한 살의 후카마치 나오토.

"그렇게 발음할 때도 있잖아. 일부러 강조하느라 키이재기라고 하기도 하고 키이다리라고 할 때도 있고."

후카마치 나오토는 언제나 지금 이대로였다고 생각하는 쪽이 좋았다. 대학생이고, 친절하고, 식욕이 왕성한 후카마치 나오토.

"아까 하던 말, 말인데."

후카마치 나오토는 먹다 만 핫도그를 접시에 내려놓고 덤덤하게 말한다.

"무슨 얘기를 하면 좋을까, 인생에 대해서."

나는 커피를 꼴깍꼴깍 마신다. 커피는 약간 식었고, 크림을 많이 섞었는데도 본질적으로 썼다. 밖은 정말 좋은 날씨.

"뭐든."

나는 그렇게 대꾸했지만, 인생에 관한 얘기 따위는 아무래도 상관없었다. 물론.

"한 입만."

나는 케첩과 머스터드가 적당히 발린 후카마치 나오토의 핫도그를 크게 한입 베어 물었다.

2월이 되자 시마코 언니는 점점 더 활기차 보였다. 나와 리쓰는 보나마나 '소중한 사람'일 거라고 했지만, 엄마는 또 아기면 어쩌느냐고 했다.

"안 그래도 걱정거리가 끊이지 않는데."

새우 껍질을 벗기면서 엄마는 말한다.

"신경 쓰이면, 물어보면 되잖아."

내가 그렇게 말하자, 엄마는 노려볼 뿐이었다. 우리 엄마는 다부진 사람이지만, 딸들의 사생활에 괜히 간섭했다가 반감을 사는 일에는 몹시 겁을 낸다.

뿌연 유리창. 시간이 아주 천천히 흘러가는 저녁나절.

걱정거리 중 하나일 소요 언니는 현재까지는 돌아오지 않았다. 엄마가 간혹 전화를 거는 모양이지만, 소요 언니는 돌아가는 상황을 전혀 알려주지 않는다. 도대체 어쩔 생각인지, 하며 엄마는 한숨 섞인 목소리로 푸념할 뿐이다.

왜 나왔는데.

소요 언니가 '결심이 섰다'고 하던 날 밤, 침대 속에서 그렇게 물었다. 천장에서는 양 모양 모빌이 살랑살랑 움직였고, 바로 옆 베개에는 소요 언니의 매끄러운 검은 머리가 좍 펴져 있었다.

"글쎄, 왤까."

소요 언니는 미소를 머금은 목소리로 말했다. 조금도 궁금해하지 않는 말투였다.

"왜?"

나는 다시 한 번 물었다.

막 끝난 〈길〉의 애처로운 이미지가 눈과 귀 속에 남아 있었다.

"글쎄, 왤까."

조그만 목소리로 소요 언니는 같은 말만 했다. 천천히 그리고 아주 가볍게.

"고토코, 삶은 계란 껍데기 벗겨서 좀 다져주렴."

엄마의 말에 나는 읽던 책을 테이블에 엎어놓았다.

밤, 역까지 산책을 한다. 파친코 미쓰보시에서 잠시 놀았다. 파친코에 가면 나는 아줌마들에게만 눈길이 쏠린다. 왜 그런지. 오늘 쓰기로 작정한 8백 엔을 순식간에 다 잃고는 가게 안을 빙빙 돌아다니며 관찰했다. 그러다 싫증이 나서 입구에 있는 자판기에서 따뜻한 칼피스를 샀다. 따뜻한 칼피스는 너무 들쩍지근하다. 높이 쌓여 있는 연두색 플라스틱 구슬 상자. 자동문을 나섰더니 칼바람에 눈물이 찔끔 났다. 보름달에 가까운 달도 하늘 중간에서 뿌옇게 윤곽이 흐려져 있다.

분수 옆 벤치에 앉아 마지막 전철을 보았다.

서둘러 집으로 돌아가는 사람들.

모두들 아주 어른스러워 보인다. 나이를 먹으면 먹는 만큼 어른이 된다고 생각했다. 그리고 어른이 되면 주변도 훨씬 질서정연해질 것이라고.

나는 마지막 전철에서 내린 사람들과 함께 어른인 척 부지런히 걷는다. 하지만 어렴풋이는 이미 알고 있다. 소요 언니의 차분함이나 시마코 언니의 정열이 어른이 되었다고 생긴 자질이 절대 아니라는 것을.

바람이 세다. 목을 움츠리고 걷는데도 추위가 살을 엔다. 두꺼운 타이츠를 신고 올걸 그랬다고 후회했다. 파친코에 있던 아줌마들은 무사히 자기 집으로 돌아갔을까.

"고토코."

신호등이 바뀌기를 기다리고 있는데 뒤에서 누가 이름을 불렀다.

"시마코 언니!"

어둠 속에서 시마코 언니의 피부는 파르스름해 보일 만큼 하얗다.

"지금 들어온 전철에서 내린 거야? 그런데 왜 걷고 있어? 늘 심야 버스나 택시 타잖아."

내 물음에는 대답하지 않은 채, 시마코 언니는 mp3를 끄고 귀에서 이어폰을 뺐냈다. 신호가 파랑으로 바뀌었다.

"뭐 듣고 있었는데?"

밖에서 언니는 한층 더 야위고 자그마해 보였다. 특히 짧은 코트 밑으로 훤히 드러난 막대기 같은 다리와 툭 튀어나온 무릎이 눈에 띄었다.

"영어 강좌."

그렇게 대답하고서 언니는 걸어가며 코를 푼다. 베이지색 티슈 케이스는 레이스 소재다.

"여전히 어슬렁거리고 있구나."

언니 코가 살짝 빨갛다.

우리는 밤이 깊어 인적 끊긴 길을 말도 않고서 나란히 걸었다. 시마코 언니의 굽 낮은 구두에서 토각토각 나직한 소리가 난다. 걸음을 내디딜 때마다 숄더백이 몸에 부딪쳐 부스럭거리는 소리도 난다.

이런 때, 나와 시마코 언니는 참 닮았다고 생각한다. 무슨 말을 하면 좋은지 잘 떠오르지 않는 것이다. 하늘을 보고, 땅을 보고, 길 건너 파출소와 피자 가게를 보았다.

"언니, 남자 친구 생겼어?"

주유소가 있는 네거리까지 가서야 나는 불쑥 물었다. 여동생답게 일부러 유치하고 생뚱맞게.

"······그런 건 아닌데."

시마코 언니는 대답한 말과는 달리 행복한 미소를 머금었다.

"비슷하기는 해."

묘한 표현.

"어떤 사람이야?"

시마코 언니는 1분쯤은 족히 생각하고서 대답했다.

"가엾은 사람."

가엾은 사람. 이번에는 내가 생각해야 할 처지였다.

"불행한 사람이야."

시마코 언니가 말을 툭 뱉는다.

"몸도 약하고."

신중하게 생각한 말투다.

"그런데 부인까지 집을 나갔고."

부인.

"일이 잘 안 풀려서 돈도 없고."

나는 말없이 걷기만 한다. 또 이렇다. 시마코 언니가 좋아하는 사람은 늘 그런 사람들뿐.

"너무 착해서."

시마코 언니가 사랑이 넘치는 모습으로 그렇게 말했다.

"뭐랄까, 그래서 오히려 역경이 많은 거야."

살며시 웃는다. 얼굴이 창백하지만 유독 생기발랄했다. 거의 행복해 보인다고 하고 싶을 만큼.

"흐음."

할 수 없이 나는 그렇게 대꾸했다.

술 가게가 있는 모퉁이를 왼쪽으로 돌아서 잠시 걸어가면 논이 있고, 그 논을 지나면 오른쪽 앞 방향에 회색 타일 집이 보인다. 우리들의 집이다. 집은 그곳을 지날 때만 보이지, 못 미치거나 지나치면 다른 건물에 가려 보이지 않는다. 우리는 걸음을 멈춘다. 춥고 어두운 밤 속에서. 나는 그곳에서 보는 집의 경관을 좋아한다. 현관과 계단 창문에 불이 켜져 있다. 그리고 반대쪽에 있어서 보이지 않지만 리쓰의 방도 환하리라는 것을 우리는 알고 있다. 어쩌면 아빠, 엄마의 침실에도 아직 불이 켜져 있는지도 모른다.

나는 시마코 언니의 얼굴을 보았다. 시마코 언니는 멍하게,

그러나 분명히 '처다보고 있는' 표정으로 말없이 거기에 서 있다. 논의 어둠을 배경으로, 홀쭉하게 야윈 옆얼굴을 가로등 불빛에 고스란히 드러내놓고서.
"가자."
나는 조그만 소리로 그렇게 말했다.

내가 태어난 달이라서, 나는 2월을 좋아한다. 그리고 무엇보다 다른 달보다 짧아 좋다. 해마다 어느 틈엔가 지나가버리는 점도 좋고, 정직하게 춥고 안심할 수 있는 느낌이 든다. 겨울의 마지막 달.

쪼그리고 앉자 턱이 목도리에 묻혔다. 부드럽고 포근하고 따뜻한 감촉. 캐시미어 목도리는 아빠 것이다. 아빠는 목도리를 두 개 갖고 있다. 감색과 캐멀색 캐시미어 목도리. 오늘 아빠는 캐멀색을 두르고 간 것 같다. 쪼그리고 앉은 채로 나는 내 발끝을 쳐다보았다. 커다란 샌들―그것도 아빠 것이다―을 신은, 희끗희끗한 회색 양말을 신은 발.

집에서 나온 지 1시간 가까이 지났다. 어둑어둑했던 바깥이 지금은 완전한 밤이다. 지금쯤 엄마는 기다리다 지쳤으리라. 식탁을 꾸밀 '잔가지'를 줍는 작업이 의외로 힘들어, 공원과 초등학교 그리고 가로수가 서 있는 버스길까지 탐색하고서야 겨우 조그만 주머니 하나가 가득해졌다. 곱은 손가락에는 흙이 잔뜩 묻어 있다.

나는 일어나 치마 입은 엉덩이를 턴다. 엉덩이도 차가웠다. 가로등의 동그란 그림자. 어느 부엌에선가 저녁밥 냄새가 흘러나와, 나는 불현듯 비 내리는 날처럼 쓸쓸하고 불안해졌다. 다른 집의 저녁밥 냄새는 나를 늘 그런 기분에 젖게 한다.

종종종, 걸어 돌아간다. 이 종종종, 은 엄마의 표현이다. 어떤 의미인지는 모른다. 하지만 우리 형제는 아장아장 대신 종종종으로 자랐다. 자, 걸음마, 종종종.

밝은 현관에서 목도리를 푼다. 목도리는 차갑고 눅눅했다.

"다녀왔어요."

힘차게 말하고서 얼른 복도를 걸어 부엌으로 간다. 두툼한 양말이 매끈매끈한 복도 위를 스치는 감촉.

"그래."

문을 열자, 부엌칼을 손에 든 엄마가 돌아보며 말했다.

"괜찮은 게 있던?"

실내는 후끈하다. 나는 주머니 속 내용물을 테이블에 털어놓고 세면실에 가서 손을 뽀득뽀득 씻었다. 오이 향이 나는 연두색 비누.

우리 엄마는 전열기가 아무 멋이 없다고 생각한다. 그래서 찌

개나 전골 요리를 할 때면 전열기 주위를 잔가지로 덮어버린다. 그렇게 하면 마치 모닥불을 피운 것 같다, 고 엄마는 생각한다. 거실에서 텔레비전 소리가 들려온다. 뉴스다. 거울에 비친 내 얼굴은 조그맣고 창백하고, 추워서 콧부리가 빨갛게 물들어 있었다.

엄마가 마른 정어리를 굽기에 2층에 대고 리쓰를 불렀다. 기말고사 중인 리쓰는 교과서를 들고 내려와 내 얼굴을 보더니 이렇게 중얼거렸다.

"1945년 5월, 독일 항복. 협공을 받은 히틀러 자살."

"아빠 곧 돌아올 거야."

나는 어린 동생에게 충고했다. 벼락공부를 싫어하는 아빠는 시험 기간에 허둥지둥 공부하는 모습을 보면 반드시 잔소리를 한다. 평소에 제대로 공부했으면 시험 기간이라고 그렇게 요란 떨 필요가 없지 않느냐. 시험은 실력을 진단하기 위해 치르는 것이니, 못 치면 못 치는 대로 상관없다.

엄마는 맥주, 나와 리쓰는 사이다와 함께 고소하고 딱딱한 정어리 구이를 먹었다. 뜨겁고 약간 씁쓰름하다.

"잠깐 물어볼 게 있는데."

나는 엄마와 리쓰에게 말했다.

"내가 뭐가 되면 좋을 것 같아?"

무릎에 역사 교과서를 펼쳐놓은 리쓰가 고개를 들고서 이상하다는 듯 되물었다.

"뭐라고?"

"직업 말이야."

엄마도 리쓰도 아무 말이 없다.

"사무원, 치과 위생사, 케이크 가게, 뭐가 맞을 것 같아?"

끈질기게 다시 물었다.

"글쎄."

엄마가 고개를 갸우뚱한다.

"그거 다 별로인데."

기대감을 품고 리쓰를 보았지만, 리쓰 역시 난감하다는 표정이다.

"다들 어떻게 직업을 정하는 걸까?"

나는 그렇게 말하고 젓가락으로 집은 정어리의 얼굴을 보았다. 볼이 홀쭉하고, 굴 껍데기처럼 빛나는 뾰족한 얼굴.

"글쎄다."

엄마가 다시 한 번 말했다. 그리고 나는 여기 있는 세 사람 모두 한 번도 밖에서 일한 적이 없다는 것을 깨달았다. 엄마와 리쓰도 같은 생각을 하는 듯, 우리는 서로의 얼굴을 마주 보았다.

"누나 일할 거야?"

사뭇 중대한 질문이라도 되는 듯 리쓰가 조심스럽게 물었다.

"모르겠어."

나는 그렇게 말하고 사이다를 마신다.

"모색 중이야."

"고토코는 의외로 성실한 면이 있으니까 괜찮을 거야, 어디에서 일하든."

엄마가 아주 먼 사람 얘기를 하듯 말하고는 다시 정어리를 구우려 일어섰다.

"일을 한다는 건 대단한 거야. 그것도 대기업에서 몇 십 년이나 계속 일하는 건 말이지."

엄마는 내가 아니라 아빠 얘기를 혼자 중얼거리듯 하고는 정어리를 잇달아 구워 리쓰의 접시에 올려놓았다.

"칼슘 먹으면 머리 좋아진다니까, 많이 먹어."

시마코 언니에게 2월은 다소 원망스러운 달이다. 6년 전, 일곱 대학에 원서를 냈지만 다 떨어지고 말았다. 결국 아주 작은 전문대학의 3차 모집에 근근이 걸렸고, 그곳에서 만난 교수의 소개로 지금 회사에 다니고 있으니 그나마 잘됐다고 할 수 있지만, 시마코 언니는 그 원망스러움을 절대 잊지 않는다. 일곱 대학의 입시일과 합격자 발표날짜를 지금까지도 기억하고 있다.

그래서 나와 리쓰는 시마코 언니가 과연 언제까지 기억할지, 해마다 확인하고 있다.

"그런 걸 집요하게 기억하는 누나도 이상하지만."

시험이 끝나 후련해진 리쓰가 인형에 사포질을 하면서 말했다.

"그걸 일일이 확인하는 우리도 이상하지."

나는 동의하는 뜻으로 고개를 끄덕이고는 말했다.

"그래도 알고 싶잖아."

리쓰도 순순히 고개를 끄덕인다.

"올해에는 잊을지도 모르지. 요즘 좋은 일도 있는 것 같고."

며칠 전, 시마코 언니와 밤길을 걸었을 때를 생각하며 나는 말했다.

남자 친구가 생겼느냐고 묻자 시마코 언니는 부정하면서도 그 비슷한 일은 있다고 말했다. 그리고 어떤 사람이냐고 묻자, 가엾은 사람이라고 대답했다.

"작은누나는 진짜 착해."

리쓰의 목소리가, 누나가 그렇다는 것이 아주 슬픈 일인 듯 울렸다.

아니나 다를까, 언니는 일정을 완벽하게 외우고 있었다.

"또 그걸 물으러 왔니?"

기가 차다는 듯 말하고는, 하다 만 마사지를 다시 계속하면서 줄줄이 늘어놓았다.

"2월 6일이 여자대학 문학부, 9일이 M대학, 11일은 S대학 문학부, 같은 날에 여자대학 발표가 있었고, 13일이 S대 법학부, 15일에……."

기억이 조금도 흐려지지 않았다. 거의 사무적인 말투로 끝까지 암송하고 나자 시마코 언니는 오히려 속 시원하다는 듯이 미소 지었다.

"우와."

나와 리쓰는 시마코 언니의 기억력을 칭찬하고, 마사지가 끝나기를 기다렸다가 셋이 같이 부엌에 내려가 홍차를 마셨다. 부엌에서는 막 목욕을 끝낸 엄마가 윌리엄에게 산책을 시키고 있었다.

소요 언니 집에 놀러 가자고 먼저 말을 꺼낸 것은 시마코 언니였다. 상황이 어떻게 돌아가는지도 궁금하고, 소요 언니도 우리가 보고 싶을 거라면서. 혹시나 싶어 전화를 걸어 확인하자 소요 언니는 차분한 말투로 주저 없이 대답했다. 물론 보고 싶지. 그래서 우리는 곧장 가보기로 했다.

리쓰는 신경을 써서 새빨간 야구 모자를 썼다. 미국의 무슨 무슨 야구팀 모자로, 전에 형부가 선물로 준 것이다. 그런데 결국에는 쓰고 가지 않았다. 모자가 너무 빳빳한 새것이라, 평소에는 쓰지 않는다는 것을 한눈에 알아볼 수 있었기 때문이다.

엄마는 우리와 생각이 달라서, 하필이면 이렇게 미묘한 시기에 가느냐, 쓰게 서방이 있는 토요일에 굳이 갈 거 없지 않느냐, 소요도 혼자 생각할 시간이 필요할 거다, 너희들은 대체 몇 살이 되어야 철이 들 거냐며 잔소리를 늘어놓았지만, 동시에 소요 언니에게 보낼 꾸러미를 두 개나―누가 보내준 자몽과 건어물 등을―순식간에 꾸렸다. 그러고는 사적인 문제는 절대 건드리지 마라, 너무 오래 있지 마라는 등의 주의 사항까지 몇 번이나 강조했다.

소요 언니는 쿠키를 구우며 기다리고 있었다. 형부는 집에 없었다. 책방에 갔다는데, 구석구석 깔끔한 아파트는 마치 혼자 사는 집처럼 남자의 흔적이 없었다.

"뭐야, 변한 게 하나도 없잖아."

나는 조금 실망스러워 그렇게 말했다.

"큰언니 성격에 난 벌써 짐 다 꾸렸을 줄 알았는데."

"응, 나도."

옆에서 리쓰까지 맞장구를 치자 차를 준비하던 언니가 피식 웃었다. 리쓰는 집 안에 들어서자마자 베란다로 직행해서 새시 문을 활짝 열고는 차가운 바람이 들어오는데도 쭈그리고 앉아 식물들이 잘 자라고 있는지 살폈다.

"이거, 처음 보는 건데, 무슨 식물이야?"

집 안을 한 바퀴 돌아본 듯한 시마코 언니도 냉장고 문을 열고는 놀란 목소리로 말했다.

"어머나, 여기까지 깔끔하게 정리되어 있네."

엄마의 충고는 무용지물이 되었지만, 소요 언니는 난감한 기색 하나 없이 오히려 재미있어하는 눈치였다.

"왜 이렇게 시간이 걸리는 거야?"

결혼 축하 선물로 친구에게 받았다는 파랑과 초록 자잘한 꽃무늬 찻잔으로 차를 마시면서 나는 물었다.

"형부가 조금만 기다려달라고 해서."

소요 언니가 한 손으로 턱을 괴고 느긋하게 말한다.

"흐음, 그렇구나."

오늘 소요 언니가 구운 과자는 시폰케이크였다. 직접 거품을 내서 만든 생크림을 곁들였다.

"조금만이란 게 얼마쯤일까?"

리쓰가 묻자 소요 언니가 고개를 갸웃했다.

"글쎄……. 나야 서두를 거 없으니까."

대답이 어정쩡해서 웃음이 나오고 만다. 소요 언니답다고 생각했다.

"그래도."

특유의 긴박한 목소리로 시마코 언니가 입을 열었다.

"그래도 형부에게 이유는 분명하게 말해줘야지. 이유가 없으면 아무리 형부라도 납득하기 어렵잖아."

나와 리쓰 그리고 소요 언니도 잠시 아무 말 하지 않았다. 그리고 소요 언니가 천천히 물었다.

"이유라니, 가령 어떤 거?"

"가령 어떤 거라니, 언니 자신의 일이잖아."

시마코 언니가 답답하다는 듯이 말한다. 모두들 또 침묵했다.

"분명하게 말해주는 편이 좋을 거야. 형부에게 싫증이 났다든지, 이 생활을 더는 견딜 수 없다든지 말이야."

시마코 언니는 대놓고 말한다. 말하는 사이에 목소리가 점차 열기를 띤다. 표정까지 일그러졌다. '불행'하고 '병약'하며 '돈도 없는' 남자를 생각하고 있는 것이다.

"기다려달라고 한대서 기다려주다니 잔인하다."

우리 모두 시마코 언니의 말이 옳다는 것을 알고 있었다. 하지만 우리는 언제나 소요 언니 편이다. 우리의 그 룰을 시마코 언니만 간혹 잊어버린다.

"긴 책방이네."

리쓰의 그 말에 우리는 세 번째로 침묵했다. 홍차는 이미 싸늘하게 식어 있었다.

 생일을 가족끼리 축하하기로 했기 때문에 후카마치 나오토와는 전날 밤에 만났다. 맛난 것을 사준다기에 기대하고 나갔다.
 공기가 맑아서 별도 달도 또렷하게 보이는 밤이다. 지하철 출구 바로 앞에 있는 파출소 앞 조그만 공원이 약속 장소였다. 후카마치 나오토는 약속 시간인 6시 50분에 정확하게 나타났다. 키가 큰 덕분에 인파 속에서도 금방 알아볼 수 있어 편리하다. 내가 그렇게 말하자 후카마치 나오토는 웃으면서 이렇게 대꾸했다.
 "고토코 역시 키는 작지만 인파 속에서도 금방 알아볼 수 있어."
 나는 뭐라고 대답하면 좋을지 몰라 잠자코 있었다. 그 시간의 그곳은 일을 끝내고 돌아가는 사람들로 가득하다. 모두들 바쁜 걸음으로 역으로 향한다. 갖가지 디자인의 코트, 껴안은 가방.
 신호등이 깜박거려 뛰어 건넜다. 그리고 후카마치 나오토가 나를 데리고 간 곳은 한 레스토랑이었다. 호텔 제일 위층에 있는 전망 좋은 스테이크 레스토랑. 미리 예약을 해두었는지, 입구에서 이름을 대자 바로 안쪽에 있는 카운터 자리로 안내해주었다. 실내는 어둡고, 두 시간짜리 서스펜스 드라마에 등장하는

'바'처럼 한가운데에 그랜드피아노가 놓여 있었다. 우리 자리 바로 앞은 철판이었다.

"어렸을 때, 가족끼리 몇 번 왔었어."

후카마치 나오토는 그렇게 말하고, 의자에 앉아 주변을 돌아보았다.

"오랜만에 와보는군."

여기저기서 스테이크 익는 고소한 냄새가 난다.

어렸을 때의 후카마치 나오토.

기분이 살짝 묘해졌다. 슬프기도 하고, 난감하기도 한.

"고토코의 스무 살 생일을 축하하며."

음료가 나오자 후카마치 나오토는 그렇게 말하고, 거의 들지 않은 상태로 잔을 내 잔에 갖다 대었다.

"고마워."

우리는 카운터에서 2센티미터 정도 높이에서 조심스레 잔을 부딪쳤다.

"그리고 열아홉 살의 마지막 밤도."

후카마치 나오토가 덧붙였다. 또 2센티미터 높이에서 건배. 짜릿하도록 차가운 진저에일이 입술에 닿자, 기분 좋았다.

우리가 보는 앞에서, 버터를 녹이고 마늘로 향을 낸 철판에 스테이크를 구워준다. 자작자작 기름이 튀는 경쾌한 소리.

"스무 살 되니까 기뻐?"

후카마치 나오토가 물었다. 기쁜지 어떤지 알 수 없었다. 되어보지 않고서는.

"포부는 있어. 앞으로 나아가는 것. 그리고 올곧게 사는 것."

보라색 양배추 샐러드를 포크로 찍는다.

"포부가 멋진데."

후카마치 나오토가 상냥한 목소리로 말했다.

요리사가 눈 앞에서 끝이 굽은 조그만 칼로 부드럽게 익은 고기를 3센티미터 정도 크기로 자른다. 그리고 크레송과 양송이와 함께 접시에 덜어주는데, 나는 그 광경을 보는 순간 확신했다. 절호의 기회다. 먹기 좋은 크기로 미리 잘라놓은 고기, 곁들여 있는 채소도 완두콩이 아니다. 게다가 후카마치 나오토는 내 오른쪽에 있다. 넉 달 동안 연습한 성과를 확인하기에 더없이 좋은 기회다.

나는 과감하게 오른손을 뻗어 후카마치 나오토의 왼손을 잡았다.

"잠시 이렇게 하고 먹자."

그가 뭐라 말하기 전에 나는 얼른 그렇게 말하고, 왼손으로 포크를 쥐고서 도톰하고 야들야들한 고기 한 점을 찍어 입에 밀어 넣었다.

"고토코?"

후카마치 나오토는 놀란 눈치였지만, 나는 못 들은 척했다.

"아, 맛있다."

포크를 내려놓고 왼손으로 컵을 들어 시원한 물을 한 모금 마신다. 고기는 감동적일 만큼 맛있었다.

"재주가 좋은데."

옆에서 후카마치 나오토가 미소 짓고 있다는 것을 느낄 수 있었다. 얼굴을 볼 용기는 없었지만.

"한번 이렇게 해보고 싶었어."

앞을 보면서 말하자, 후카마치 나오토는 납득한 것 같았다.

고기는 상큼하고 부드러운 데다 조그맣게 잘라주는 덕에 얼마든지 먹을 수 있었다. 실내에는 손님이 별로 없어 조용하고, 요리사는 과묵했다. 우리는 그날 밤 내내 맞잡은 손을 카운터 밑—이라기보다 후카마치 나오토의 왼쪽 무릎 위—에 올려놓고 있었다. 반대쪽 손이 간지러울 때나 팔이 저릴 때는 손을 놓았다가도 금방 다시 잡았다. 후카마치 나오토의 손이 크고 따스해서, 꼭 잡고 있어도 생각만큼 답답하지 않았다.

"잘 먹었어."

다 먹은 후 손을 놓고서 무릎에 펼쳐놓은 냅킨을 들어 입을 닦으면서 나는 이제 두 번 다시 남자와 손잡은 채 밥을 먹는 일은 없으리라고 생각했다. 한 번으로 만족했다고 할까, 그러니까 한번 해보는 것은 나쁘지 않지만 그 한 번으로 충분한 일이었다.

"커피 마실래?"

나는 고개를 끄덕이며 주문을 덧붙였다.

"다른 데 가서 마시고 싶어. 캔 커피 말고."

세탁소 집 딸은 언제나 이런 식으로 밥을 먹었을까. 그때만 그런 것처럼 보이지는 않았다. 나와 후카마치 나오토가 함께 있을 때도 그럴 정도였으니 두 사람에게는 습관이었는지도 모른다.

"서로 좋아해서 연인인데, 왜 헤어지는 걸까."

걸으면서 내가 묻자, 후카마치 나오토가 내 얼굴을 힐금 보면서 되물었다.

"언니 생각 하는 거야?"

"그런 건 아니지만, 소요 언니도 그렇긴 하네."

거리가 번쩍거려 밤하늘이 희붐하게 보였다. 가는 길에 있는 패스트푸드점에서 커피를 샀다.

"왜 그럴까."

정말 이상했다. 하지만 더 이상한 것은, 세탁소 집 딸도 그렇고, 그녀의 (과거) 남자 친구나 소요 언니, 형부마저 이별했다고 그렇게 불행해 보이진 않는다는 점이다.

"모르겠는데."

후카마치 나오토가 툭 말을 뱉었다.

"왜 그렇지."

길이 조금씩 조용해지면서 달도 예쁘게 보였다.

"우리가 헤어질 때가 되면 알 수 있을까."

다른 뜻 없이 그저 말했는데, 말하는 순간 그 말의 구체성에 놀랐다. 얼굴을 보지 않아 후카마치 나오토가 놀랐는지 어떤지는 알 수 없었다. 잠시 후, 후카마치 나오토가 말했다.

"하긴."

그 목소리가 어딘가 모르게 재미있어하는 듯 들렸다.

손가락에 닿는 감촉이 매끈매끈하고 시원하고 정말 아름다운 실크 스카프였다. 엷은 하늘색과 하얀 바탕에 조그만 새들이 무수히 날아다닌다. 자유의 몸이란 제목의 무늬란다. 큼지막해서 팔을 묶기에 딱 좋다.

"이런 어정쩡함, 시마코 누나답네."

리쓰가 내 침대에 걸터앉아 밀크티를 마시며 소리 없이 미소 짓고서 말했다. 무릎 위에는 국기 그림책. 초등학교 입학 기념으로 엄마 친구가 선물해준 것이다. 리쓰가 즐겨 보는 책이라 지금은 거의 너덜너덜하다. 말 그대로 여러 나라의 국기가 실려 있을 뿐인 책인데, 보다 보면 재미가 있다. 전에는 이 책으로 국기 알아맞히기 놀이를 곧잘 했다.

"좀 더 연습을 하지그래?"

리쓰의 말에 나는 내키지 않는다는 뜻으로 인상을 찌푸렸다.

"짜증스럽잖아. 게다가 이제는 목적도 없고."

왼손으로 밥 먹는 연습을 말하는 것이다. 리쓰가 하긴 그렇다는 식으로 어깨를 으쓱한다.

어제 나는 스무 살이 되었다. 엄마는 내가 주문한 콩밥과 머위나물과 대합국에 도미찜까지 만들어 주었다. 큼직하고 실팍한 도미였다. 소요 언니도 와서 모두 함께 건배를 했다. 나는 태어나서 처음으로 와인을 마셨다. 잔을 절반 채운 화이트 와인. 요란 떨만한 술은 아니라고 생각했다.

그리고 이 스카프를 받았다. 시마코 언니가 주는 생일 선물로.

"이거 보통은 어떻게 사용할까. 그러니까 팔을 묶을 때 말고."

나는 그 아름다운 네모난 천을 침대에 펼쳐놓고 옆에 앉아 있는 리쓰에게 물었다.

"목에 두르지 않나, 보통은."

어린 리쓰가 대뜸 대답한다.

"목도리처럼 말이야."

목에 둘러보니 정말 기묘했다. 스카프만 길쭉하게 반짝반짝 튄다. 오토바이 타는 사람 같다고 리쓰는 감상을 말했다.

"어깨에 한번 둘러보지?"

나는 순순히 그 말에 따랐다. 마치 빨간 모자에 나오는 할머니 같다. 우리는 거울 앞에서 한참이나 시행착오를 거듭하다가, 결국은 스카프를 차곡차곡 접어 얇은 종이에 싸서 다시 상자에 넣었다. 새들이 날아다니는 하늘색 스카프.

"그렇게 내버려둬."

리쓰가 말했다. 물론 리쓰 나름의 위로랄까, 격려의 말이었다.

"그거, 그리스 국기니?"

내가 묻자 리쓰는 고개를 살랑살랑 저으며 "나우루." 라고 대답하고는 홍차를 마셨다.

"리퍼블릭 오브 나우루. 남태평양에 있는 섬이야. 섬의 5분의 4가 앨버트로스 똥으로 덮여 있어."

리쓰는 지리를 잘한다. 국기 그림책에 실린 나라에 관해서는 거의 완벽하게 위치와 국가의 성립 과정을 기억하고 있다.

창밖은 저녁이다. 나는 일어나 커튼을 닫고 방의 불을 켠다. 책상 위에는 어제 받은 선물이 스카프만 빼고 죽 놓여 있다. 아빠와 엄마가 얇은 종이에 싸서 준 돈(우리 집에서는 스무 살이 넘으면 생일 선물을 돈으로 주는 규칙이 있다), 소요 언니가 준 향수 그리고 리쓰의 선물인 솔리테르. 솔리테르는 동그란 판에 꽉 차 있는 은색 구슬을 움직이는 게임이다.

"생일이란 거, 참 좋네."

책상 위를 만족스럽게 바라보는 나를 보고서 리쓰가 조금은 부러운 듯 말했다.

그다음 날, 엄마를 따라 꽃시장에 갔다.

1년에 대여섯 번 역 앞 광장에 꽃시장이 선다. 곁다리를 끼듯 다코야키와 야키소바 가게도 등장, 역 주변이 북적거렸다. 옆으로 나란히 줄지어 선 자전거에 햇살이 반사되어 눈부시다.

"바람이 훈훈하네."

엄마가 눈을 살짝 찡그리며 말했다.

"정말."

대답하며 나도 같은 표정을 지었다. 그러면 속눈썹에 닿는 바람이 느껴진다. 오늘부터 3월이다.

꽃시장에 올 때, 엄마는 늘 맨손이다. 지갑은 내 배낭에 들어 있다. 사브리나 바지에 플랫슈즈를 신은 엄마는 발걸음도 가볍다. 만반의 준비를 갖춘 느낌.

"무늬 접란이 있으면 좋겠는데."

화분 장수들이 땅바닥에 화분을 죽 늘어놓아, 마치 가게 놀이를 하는 것 같은 풍경이다. 엄마는 광장 한가운데에 서서 주위를 돌아보았다. 온갖 초록색이 다 모인 것처럼 보였다. 다양한 관엽식물, 접붙이를 한 소박한 분재 모양의 식물, 알록달록 색깔을 뽐내는 장미와 동백꽃, 해당화와 앵초.

"무늬 접란?"

엄마가 화분에 열을 올리기 시작한 것은 언제부터일까. 원래

꽃을 좋아하는 사람이었지만, 우리가 어렸을 때는 고작 마당에 핀 들꽃을 잘라다 꽃병에 꽂는 정도였다. 시마코 언니는 지난 몇 년 동안 엄마가 보여준 화분에 대한 열성을 일종의 갱년기 장애라고 말한다. 보살필 대상이 필요한 여자의 천성이란다.

"응. 백합과 식물인데, 전에 사진으로 봤더니 가운데 하얀 줄이 있는 가늘고 기다란 이파리가 마치 벼 잎처럼 축축 늘어져 있더라고."

엄마는 그 모습을 상상하는 듯 황홀한 표정으로 설명한다.

"그리고 오글오글 휜 끄트머리가 종이학처럼 보였어."

나는 아무 의견도 달지 않았다. 남자 아이들이 분수 주위를 빙빙 돌며 롤러스케이트를 타고 있었다.

"고토코, 저 화분 좀 봐. 앵두나무가 정말 예쁘다."

엄마가 빨려 들어가듯 어느 화분 가게로 다가갔다. 나는 허둥지둥 그 뒤를 따랐다.

어린 시절, 나는 한 번도 엄마를 잃거나 길을 잃은 적이 없다. 미아가 되는 것이 두려웠다. 그래서 아빠나 엄마의 옷자락을 꼭 잡고서 걸었다. 겁쟁이였던 것이다.

리쓰가 주로 많이 길을 잃었다. 리쓰는 손잡고 가는 것을 싫어했고, 어린아이가 넷이나 되다 보니 부모님의 눈길이 채 미치지 못하곤 했다. 한번은 가족끼리 긴자 거리를 걷는데 리쓰가 갑자기 없어진 일이 있었다. 방금 전까지 있었는데, 정말 갑자기, 홀연히. 주변에 리쓰의 관심을 끌만한 문구점이나 장난감 가게도 없는데, 아무리 생각해도 부자연스러웠다. 우리는 서둘러 왔던 길을 되돌아 두 번을 오가며 어린 리쓰를 찾았다. 리쓰, 리쓰, 하고 저마다 이름을 부르면서.

리쓰는 우리가 지났던 빌딩의 엘리베이터에 올라타고 말았다. 어느 회사의 사무원인지 마음씨 좋아 보이는 아줌마를 따라 내려온 리쓰는 잔뜩 겁에 질려 있었다. 엘리베이터 문이 닫히는 순간 자신의 잘못을 깨닫고 손이 오그라드는 것 같았다고 나중에 털어놓았지만, 그때 한낮의 긴자 거리에서 마법처럼 사라진 리쓰의 이름을 부르면서 나 역시 공포에 떨었다.

결국 엄마는 앵두나무 화분을 샀다. 아직 꽃이 피지 않은 금작화와 산사나무도. 두 손에 화분이 담긴 비닐봉지를 들고서 우리는 꽃시장을 떠났다. 무늬 접란은 없었지만 그래도 엄마는 만족하는 것 같았다. 역 앞에서 버스를 탔다. 버스에서 내려서는 종종 걸어 돌아갔다.

사건은 그 날 저녁때 벌어졌다.

졸업식을 일주일 앞두고 리쓰가 정학을 당한 것이다. 담임선생이 전화를 걸어 엄마에게 알려주었다. 내일, 이번에는 교장이 직접 엄마를 만나고 싶노라고 했단다.

"도무지 알다가도 모르겠네."

전화를 끊자마자 엄마는 오히려 이상하다는 듯이 말했다.

"아니 졸업식이 코앞인데 정학이라니, 대체 무슨 일이지."

거실에서 비디오를 보면서 상점가의 쿠폰을 붙이고 있던 엄마는 전화를 받을 때에도 한 손에 풀을 든 채였다.

"정학?"

귀에 선 말에 놀라 나는 책을 읽다 말고 고개를 들었다.

"정학이라고, 리쓰가? 왜? 또 그 인형 때문에?"

엄마는 생각에 잠긴 표정으로 의자에 앉아 대답했다.

"그래봐야 학교는 어차피 방학 중이고, 고등학교에는 예정대로 진학할 수 있대."

"그야 당연하지, 시험에 붙었는데."

엄마 말로는, 담임선생이 이유를 자세히 말하지 않았단다. 상세한 것은 내일 교장이 직접 전할 것이라고 했다는 것이다. 짐작은 하시겠지만, 이란 말도 했다며 엄마는 혼란스러워했다.

리쓰에게 얘기했더니, 리쓰는 전혀 짚이는 일이 없단다.

"그 후로 인형 만들어주고도 사례는 받지 않았지?"

엄마가 확인하자 리쓰는 힘주어 고개를 끄덕였다.

"그럼 무슨 착오가 있었나 보네."

나는 밝은 목소리로 말했다. 내가 기억하는 한, 그 학교에서 정학을 당하려면 교칙을 몇 번이나 어긴 데다 담배를 피거나 도둑질을 했다든지, 다른 학교 학생과 싸워 상대를 다치게 했다거나 아니면, 임신을 했거나 시켰어야 한다. 그런데 그 어느 항목도 리쓰와는 인연이 없다.

"그럼 졸업식에도 참석할 수 없는 거야?"

그렇게 묻는 리쓰의 목소리는 차분했지만 표정은 불안해, 평소보다 한층 어린 느낌이 들었다.

저녁을 먹는 자리에서 그 얘기를 하자 아빠는 내일 회사를 쉬는 한이 있어도 리쓰 학교에 가서 교장을 만나겠다고 했다. 흔치 않은 일이었다. 굳이 회사 쉬지 않아도 되는데. 리쓰는 난처한 듯 그렇게 말했지만 엄마는 딱 잘라 그럼 부탁해요, 라고 말했다. 그렇게 얘기는 정리되었다.

세모로 접어 양끝을 맞접는다→오른쪽 왼쪽을 접어 올린다→아래쪽을 접어 올린다→다른 종이도 접어 올린다→양 옆을 뒤로 접고, 날개 끝을 안으로 접어 넣는다→완성. 이건 반딧불이.

네 모퉁이를 맞접는다→뒤쪽으로 맞접는다→오른쪽 왼쪽 같이 벌린다→뒤집어 위쪽을 접어내리고, 아래쪽을 뒤로 접는다→완성. 이건 후쿠스케.

종이접기를 하고 있는데, 노크 소리가 들리고 리쓰가 들어왔다.

"누나 아직 안 자?"

응, 하고 대답하며 돌아보니 잠옷 위에 감색 카디건을 걸친 리쓰가 비누 냄새를 풍풍 풍기며 서 있다.

"이거, 여기서 들어도 돼?"

리쓰는 오른손에 CD 세 장을 들고 있었다. 왼손에는 애용하는 무릎담요를 들고 있다.

"그럼."

리쓰는 문을 닫고서 플레이어에 CD를 밀어 넣고 침대에 앉았다. 침대에서 삐걱거리는 소리가 났다.

"너도 종이접기 할래?"

동생이 단박에 고개를 끄덕여 우리는 함께 종이접기를 했다. 비벌리 클레번을 들으면서.

"졸업식 재미있었어?"

잠시 후 리쓰가 물었다. 나는 캥거루를 접다 말고 대답한다.

"아니, 전혀."

"흠, 그랬어."

내 얼굴을 힐금 보고는 의심스럽다는 듯이 리쓰가 말했다.

아빠와 엄마가 학교에서 돌아왔을 때, 나와 리쓰는 이내 현관으로 나갔다. 아빠의 표정으로 보아, 묻지 않아도 탐탁지 않은 얘기가 오갔다는 것을 알 수 있었다.

"오셨어요."

어쩔 수 없이 조심스럽게 그렇게 말했지만 아빠는 더없이 불쾌하다는 표정을 지은 채 그래, 하고 희미하게 대답하고는 오래 신어 발에 착 감기는 검은 가죽 슬리퍼를 신고서 다다미방으로 휙 가버렸다. 엄마의 얼굴이 지쳐 보이는 것은 화장을 안 해서만은 아니었다.

옷을 갈아입고 차를 끓이는 엄마 옆에서 나와 리쓰는 목을 빼고 엄마가 입을 열기만을 기다렸다. 엷은 분홍색 찻주전자에서 쪼르륵 소리 내며 떨어지는 현미차.

"냄새 좋다."

나는 말했다. 저녁 햇살이 아주 비스듬한 각도로 방 안을 비추고 있다. 그 햇살을 뒤집어쓰듯 받고 있는 텔레비전에 먼지가 엷게 쌓여 있다.

"선생님이 뭐래?"

엄마가 차를 한 모금 마시자 더는 기다릴 수 없어진 리쓰가 끝내 묻고 말았다.

"분명하게 매듭을 지어야겠대."

엄마가 일어나 우리가 과자 상자라고 부르는 선반에서 메밀 쿠키 깡통을 꺼내더니 식탁 위에 종이 냅킨을 펼쳐놓고 그 위에 쿠키를 후드득 털어놓았다.

"네가 좋아하는 인형, 학교에서는 그게 아무래도 마음에 안 드는 거지."

"인형이 왜?"

나와 리쓰의 목소리가 겹쳤다.

"엄마도 그렇게 물어봤어."

엄마가 푸훗 웃는다.

"성인용품이라고 하니? 우선 그런 걸 파는 장소가 좋지 않대."

"그건 아니지."

리쓰가 항의했다.

"그런 데서도 팔기는 하지만 다 허접하다고. 좋은 건 프라모델 가게에서 판단 말이야."

엄마는 놀라지 않았다. 그러니, 라고 대꾸했을 뿐이다.

"어디서 팔든, 그건 문제가 아니야. 교장 선생님은 그런 인형의 형태 자체가 싫은 모양이니까."

나와 리쓰는 어이가 없어 입을 다물었다. 웃음이 나오지 않도록 나는 메밀 쿠키를 두 개나 집어야 했다.

"순 제멋대로야."

리쓰가 말했다. 그로서는 불만스럽게, 마음이 상했다는 식으로 말하고 싶었겠지만, 말하는 순간 하찮게 여겨졌는지 뜻대로 되지 않았다.

"정말 기가 막히다."

마지막에는 웃기기까지 해서, 우리는 모두 분개할 타이밍을 놓치고 말았다.

그 분위기는 저녁을 먹는 자리에서 아빠가 교장 선생님을 '문화라고는 쥐뿔도 모르는 인간'이라고 칭하는 바람에 더욱 고조되고 말았다.

"괜찮아. 엄마는 정학도 멋진 일이라고 생각해."

엄마도 진심 어린 얼굴로 그렇게 말했다.

"무슨 일이든 다 경험이잖아."

물론 실질적인 피해는 없는 정학이었다. 졸업식에 참석할 수 없다는 것만 빼고는 아무런 벌칙도 없다. 마치 따끔 주사를 맞는 것처럼. 눈을 꾹 감고 얼굴을 찡그린다. 자, 이제 다 끝났어, 금방이지?

"리쓰."

불쾌해 보이는 표정과 달리, 먼저 목욕을 끝낸 아빠의 혈색은 평소보다 조금 좋다. 안경 너머로 리쓰를 지그시 바라보며 이렇게 말했다.

"신경 쓸 필요 없다."

아빠는 방금 전 자기 방에서 학생수첩에 실린 교칙 56항목을 전부 읽었다고 한다.

"너는 아무것도 위반하지 않았어."

리쓰가 고개를 끄덕인다.

"이런 경우가 어디 있어, 정말."

엄마가 또 화를 내는 듯하더니 금세 조용해졌다. 기세등등한 말을 기다렸던 우리의 기대가 와르르 무너졌다.

"학교라는 데, 여전히 불합리한 곳이네."

그 한마디로, 우리는 모두 엄마가 무슨 생각을 하는지 알 수 있었다. 시마코 언니다. 왕따였던 시마코 언니 때문에 엄마는 툭하면 학교에 불려갔다.

"어쩔 수 없지 뭐."

리쓰가 말했다.

"학교는 그런 데니까."

입을 살짝 내밀고 말했지만, 거의 평소의 리쓰와 다름없었다. 정학의 충격에서 빨리도 벗어난 것 같다.

"문화라고는 쥐뿔도 없는 곳이니까."

아빠가 말했다.

그 후 곧바로 소요 언니의 이혼이 결정되었다. 소식을 들은 우리는 기뻐했다. 형부가 어디가 어때서가 아니라.

아빠와 리쓰도 반기는 기색이었다. 말은 안 하지만, 엄마는 몇 번이나 '참 큰일이다.'라고 했다. 소요의 고집 때문에 일이 이렇게 되고 말았으니, 참 큰일이다, 라고. 그러나 한편으로는 설레는 마음도 있는지, 소요가 돌아오면 우리 새 차 사자, 라는 말도 했다. 새 차고 뭐고 우리 집에는 지금까지 차가 있었던 적이 없다. 하지만 소요 언니는 우리 가족 중에 유일하게 운전면허를 갖고 있다.

"다음 주 내내 짐 싼다더라."

큰언니에게 하루가 멀다 하고 전화를 걸어 연락을 주고받는 듯한 엄마가 커피를 진하게 끓이면서 말했다. 일요일 점심때가 가까운 시간. 식탁에는 지난번에 산 앵두나무 화분이 놓여 있다.

"그렇구나."

나는 책을 읽다가 새벽에 잠이 들어, 눈이 잘 떠지지 않았다.

"좋은 아침."

문이 열리고, 그런 나보다도 더 몰골이 말이 아닌 시마코 언니가 들어왔다. 눈두덩은 부었고 머리칼은 뒤엉키고 얼굴은 초췌하고 창백하다.

"어젯밤 몇 시에 들어왔어?"

엄마가 물었지만, 시마코 언니는 냉장고를 열고 물병을 꺼내서 컵에 찰랑찰랑하게 물을 따라 싱크대에 기대어 그 물을 벌컥벌컥 다 마실 때까지 대답하지 않았다.

5시쯤. 대신 내가 대답할 수도 있었지만 하지 않았다.

"잊어버렸어."

시마코 언니가 말하고는, 조금은 미안하다는 듯이 미소 짓고서 생선초밥을 먹었다며 단골 생선초밥집 이름을 말했다.

"나도 커피 줘."

누구랑, 이라고 엄마는 묻지 않았다. 물어서는 안 된다고 생각하는 것이다. 그런 걸 알면서도 시마코 언니는 기탄없이 무엇이든 얘기하겠다는 포즈를 취한다.

"고토코, 내가 좋은 거 줄게."

뒤로 돌아가 의자 등받이째 내 어깨를 껴안는 꼴로 시마코 언니가 내게 준 것은 놀이공원 티켓이었다. 언니가 다니는 회사 옆에 있는 놀이공원. 저녁 6시부터 밤 9시까지 무료 입장에 놀이기구까지 마음대로 탈 수 있는 티켓 두 장.

"남자 친구랑 같이 가."

시마코 언니의 그 말에 부엌에 서서 딸기 꼭지를 따던 엄마가 돌아보며 흐뭇하게 말했다.

"좋겠네."

나는 내가 아주 어린아이가 된 것 같은 기분에 거북해진다.

"고마워."

나는 어린아이에게 어울리는 유치함으로 말했다.

햇살이 환한 거실, 조그만 테이블이 놓인 창가만 평소와 같은 표정이었다. 나머지는 전부 해체 작업 중이었다. 벽에 걸려 있던 마티스의 그림은 내려졌고, 텔레비전만 빼고 나머지 오디오 기기는 전부 포장이 끝났고, 원목 식기장에는 컵과 머그잔이 각각 두 개 그리고 하얗고 조그만 접시 한 세트만 남아 있어 유리문 안이 휑하고 썰렁해 보였다. 방구석에는 엷은 먼지.

다다미방은 원래 비어 있었다. 소형 책상과 책꽂이밖에 없었는데, 책은 이미 상자에 담겨 있다. 하늘색과 하얀색 상큼한 줄무늬 커튼이 여느 때보다 한결 눈에 띄는 느낌이었다.

침실에는 온갖 것들이 어지럽게 널려 있었다. 붙박이 옷장문은 활짝 열렸고, 각자의 침대 위에는 각자의 옷이 산더미처럼 쌓여 있다. 바닥에 더는 공간이 없어 종이 상자가 복도로 밀려나와 나뒹굴고 있었다. 침대의 머리맡에는 재떨이와 담배. 이 가운데 유일하게 형부를 위한 것.

"이제 얼추 정리는 끝난 것 같지?"

머그잔에 호지차를 따라 주면서 소요 언니가 나직하게 말했다. 겨우 1년 반을 살았으니 아파트는 아직 새것인데, 이 난리법석이 입주 준비가 아니라 이사 준비라는 것을 확연히 알 수 있어 이상했다. 실내 전체가 피로에 절어 있다.

"엄마도 참, 이런 때 이런 거 안 보내도 되는데."

시마코 언니 말에 소요 언니가 미소를 띠었다. 이런 거라는 것은 말린 가자미와 플라스틱 용기에 담긴 팥죽. 우리가 들고 온 것이다.

"그래도 밥 안 해도 되니까 좋기는 하다."

그렇게 말하면서 소요 언니는 쿠키 깡통을 연다. 아주 커다란 은색 깡통이다. 그리고 식기장에서 하얀 접시를 하나 꺼내 노릇노릇하게 구운 길쭉한 쿠키 대여섯 개를 주르륵 담는다.

"언제 구웠어?"

"그제 밤."

소요 언니가 대답하고는 문득 창밖을 보았다.

"어머나, 또 떨어졌네."

밖을 내다보니, 베란다 난간에 하얀 수건 한 장이 걸려 있다.

"윗집 빨래가 심심하면 떨어져."

나와 시마코 언니는 흐음, 하고 대꾸하고는 쿠키를 집어 깨물었다.

그런 일은 혼자서 하면 우울해지니까, 하는 엄마의 설득에 거들어주러 왔는데, 결국은 이렇게 차를 마시고 있다.

"형부 오늘 밤도 여기서 저녁 먹어?"

왠지 이상한 기분이 들었지만, 소요 언니는 당연하다는 표정으로 고개를 끄덕였다.

"가자미 반찬에?"

"응. 가자미 반찬에."

소요 언니가 다행이라는 듯이 말한다. 나는 어수선한 방 안을 돌아보면서 옳은 상태, 라고 생각했다. 적어도 아주 이해하기 쉬운 상태다. 소요 언니의 물건이 이곳에 정연하게 자리하고 있던 때에 비하면.

"리짱은 잘 있니? 기죽지 않았어?"

소요 언니가 물었다. 정학 사건을 말하는 것이다.

"전혀. 괜찮아."

내가 대답했다.

"요즘은 소녀 만화에 빠져 있어. 시마코 언니 방을 도서관으로 여기는 것 같아."

"『13월의 비극』보고 감동하더라."

시마코 언니가 그렇게 말하자 소요 언니가 피식 웃는다.

"기운 없는 건 오히려 고토코야."

시마코 언니가 의미 있는 눈빛으로 나를 쳐다보면서 심술궂은 말투로 은근슬쩍 말했다. 오늘 밤 일을 말하는 것이다. 오늘 밤, 나는 후카마치 나오토와 놀이공원에 가기로 했었다. 시마코 언니가 준 티켓으로 밤의 놀이공원에.

"왜, 무슨 일 있었어?"

소요 언니의 물음에 나는 우물쭈물한다.

"아니, 별일 없어."

어젯밤, 갑자기 스키 타러 가자는데 거절할 수가 없어서, 라는 전화가 걸려 왔다.

"올해는 이게 마지막이 될 것 같고……."

미안하다는 듯 후카마치 나오토는 그렇게 말했다. 그뿐이었다.

"오늘 밤에 작은언니랑 갈 거야."

나는 설명하려 했다.

"작은언니 회사 근처라서."

"남자 친구가 튕겨서 내게 차례가 온 거지 뭐."

시마코 언니가 끼어들었다. 소요 언니는 놀라는 기색 없이 그러니, 한다. 나는 아무 말 않고 쿠키를 입에 집어넣었다. 시마코 언니는 자기 연애가 순조로워 기고만장하다.

"정말 거들 일 없어?"

쿠키를 더 꺼내 주려는 소요 언니를 손짓으로 제지하면서 시마코 언니가 일어나 물었다.

"빨리 끝나면 좋잖아. 기껏 갔는데 아무 일도 안 하고 왔다고 하면 엄마한테 혼난다고."

시마코 언니가 불만스러운 투로 말한다.

"글쎄."

베이지색 바지에 검은 스웨터를 입은 소요 언니가 난감한 듯 고개를 갸우뚱한다.

결국 부엌 정리를 하기로 했다. 소요 언니는 모레에는 집으로 돌아갈 예정—우리 집 부엌 달력에 동그라미가 그려져 있다. 엄마가 그린 것이다—이라서 아주 기본적인 것만 남겨두고 나머지는 상자에 다 집어넣기로 했다.

"언니, 이 분쇄기랑 주서기, 질냄비랑 나무 밥통 같은 거, 앞으로 쓸 일 없지?"

가스레인지 밑 수납장을 타닥타닥 열면서 시마코 언니가 그렇게 말한다.

"글쎄."

소요 언니의 대답이 어정쩡하다.

"이런 건 다 어쩔 거야?"

싱크대 밑 문을 열고서 시마코 언니가 이게 다 뭐냐는 듯 물었다. 그곳에는 소요 언니가 직접 만들어 큰 병에 담아둔 매실주와 조그만 병 두 개에 담긴 잼 그리고 마늘장아찌다 피클이다, 그 밖에도 정체 모를 병조림이 몇 개나 조르륵 놓여 있었다.

"……글쎄. 어쩌지."

수납장 문 뒤에는 갖가지 부엌칼이 걸려 있다. 문 안 쪽은 어둡고, 줄줄이 서 있는 병 옆에 수도관이 지나고 있어 써늘하고 불온한 느낌이었다.

나는 눈길을 돌렸다. 왠지 봐서는 안 될 것 같은 기분이 들었다.

"차 좀 더 마셔야겠다."

일어나서 내 손으로 보온병을 열어 따뜻한 물을 따른다. 회황록색 찻주전자.

"정리가 잘 돼 있네."

시마코 언니가 이번에는 위쪽 선반을 열고 질서정연하게 수납된 런천 매트와 손수건, 종이냅킨, 랩을 바라보고, 몇 종류나 되는 과자들을 마치 처음 보는 것인 양손에 들고 보았다.

"아직은 그냥 이대로 둬도 되지 않나?"

나는 의자에 앉은 채 말했다. 차가 뜨거워 목이 따끔거렸다.

"이 아파트, 이번 달까지는 있을 수 있잖아?"

소요 언니가 고개를 끄덕였다.

"뭐야, 그런 거였어? 나는 모레까지 집을 비워줘야 하는 줄 알았는데."

시마코 언니는 김이 샌다는 말투였다.

"차 더 마실래?"

나는 또다시 보온병을 들어 소요 언니와 시마코 언니 몫의 물을 따른다.

"팥죽도 먹을래?"

소요 언니가 물었다. 시마코 언니는 됐다고 대답했는데, 소요 언니는 마치 못 들은 척 작은 냄비에 팥죽을 덜어 불에 올려놓았다.

"큰언니."

나는 부엌에 서 있는 언니의 뒷모습을 향해 말했다.

"이혼하는 거, 어떤 기분이야?"

소요 언니는 냄비를 보면서 잠시 생각하고는 미소를 머금은 목소리로 차분하게 대답한다.

"글쎄, 반죽음 당한 상태에서 여행을 떠나는 기분, 이랄까."

놀랐다. 나나 시마코 언니나 잠시 할 말을 잃고 입을 다물었을 정도다.

"반죽음."

그냥 목소리로 말하자니 꺼려져, 나는 조그만 소리로 중얼거렸다.

"밥공기는 다 싸버려서 접시밖에 없는데, 상관없지?"

온 부엌에 팥죽이 보글보글 끓는 달콤한 냄새가 떠다닌다. 소요 언니가 그렇게 말했을 때, 시마코 언니가 낮고 굳은 목소리로 이의를 제기했다.

"너무 심하게 말하는 거 아냐?"

목소리 못지않게 표정도 굳어 있다. 소요 언니는 그런 시마코 언니를 쳐다보더니 미소 지으며 물었다.

"왜?"

조금도 양보가 없는 완고함으로.

"우리, 정말 서로를 반 죽여 놓았는데."

시마코 언니는 아무 대꾸도 하지 않았다.

엄마가 끓인 팥죽은 걸쭉하고 달콤하다. 따끈따끈한 덩어리를 숟가락으로 떠서 입에 넣는다. 영구적인 다이어트 중에 있는 시마코 언니도 세 숟가락 정도 먹었다.

"형부 거, 안 남겨 놓아도 돼?"

시마코 언니가 물었다. 걱정스러운 얼굴이었다. 괜찮아. 소요 언니가 웃으며 대답한다.

"그 사람은 이런 거 별로 좋아하지 않으니까, 괜찮아."

그래서 나는 더 덜어 먹었다.

"우리 시마코, 참 친절하기도 하지."

그 후 시마코 언니가 화장실에 가고 없을 때, 소요 언니가 진심 어린 목소리로 말했다.

"시마코랑 결혼하는 남자는 행복할 거야."

"응, 그럴 거야."

나는 숟가락을 내려놓고 화장지로 입가를 깨끗이 닦았다. 창밖에서는 해가 기울어가고 있다. 난간에 걸린 하얀 수건도 지금은 싸늘하게 보인다.

"서류는 갖다 냈어?"

내가 묻자 소요 언니는 눈을 약간 내리깔고서 부드러운 목소리로 대답했다.

"응, 오늘 아침에."

"그렇구나."

그럼 이미 소요 언니의 성은 쓰게가 아니다. 그렇게 생각했다. 소요 언니와 나는 각자 식은 차를 마셨다.

현관에서 신발을 신고 벽에 걸린 거울을 보면서 립크림을 바른다.

"언니, 그럼 내일모레 보자. 기다릴게."

시마코 언니는 쭈그리고 앉아 구두끈을 묶고 있다.

"아빠랑 엄마에게도 안부 전해줘. 그리고 리짱에게도."

응. 말 잘 듣는 아이처럼 대답했다. 그리고 생각나 덧붙인다.

"형부에게도."

소요 언니가 생긋 웃으며 그래, 하고 대답하는 참에 시마코 언니가 일어섰다.

"잠깐만 있어봐."

소요 언니가 침실로 뛰어가 검은 색 울 재킷을 걸치고 돌아왔다.

"나도 정거장까지 같이 갈게."

소요 언니가 맨발에 플랫슈즈를 신는다.

"잘 생각했어."

시마코 언니가 말했다. 나도 같은 심정이었다. 이미 소요 언니의 장소가 아닌 곳에 내버려두는 것 같아, 둘이서만 돌아가자니 내키지 않았던 것이다.

우리 셋은 나란히 걸었다. 해거름의 주택가. 자동판매기가 서 있는 모퉁이를 돌아 가로수 길을 걷는다. 바람이 차가웠다.

"형부는 따로 방 얻는 거야?"

시마코 언니가 물었다.

"일단은 집으로 돌아갈 건가 봐. 밥걱정할 필요도 없고 하니까."

집이란 스기나미에 있는 소요 언니의 시댁을 말하는 것이다. 부모님이 할머니를 모시고 살고 있다.

"그렇구나."

시마코 언니가 한숨을 쉰다.

"축복받은 인생이네. 갈 데도 있고."

"형부, 몸은 건강해?"

내가 묻자, 소요 언니는 살며시 고개를 기울이고는 대답했다.

"글쎄. 건강한 편 아닐까. 간혹 배탈은 나지만."

기분이 이상했다. 소요 언니의 표정이 아직도 형부를 좋아하는 것 같아 보여서.

"갈 데도 있고, 건강하고, 역시 축복받은 인생이네."

시마코 언니가 다시 한 번 말했다.

버스 정거장 앞, 허름하고 조그만 안과의 처마 끝에 하얀 목련이 활짝 피어 있다.

도시 한가운데 있는 아담한 놀이공원은 손님이 없어 횅했다. 입구에서 티켓을 건네자 고무줄 달린 패스를 주었다. 그것을 손목에 끼는 순간 해방된 기분이 들었다.

"뭐부터 탈까?"

나는 들뜬 마음으로 물었다.

"좀 춥지 않니?"

시마코 언니가 목을 움츠린다. 아직 해방된 기분이 아닌 것이다. 나는 인상을 찡그려 보였다.

"놀이공원에 왔잖아."

강경하게 말하자 시마코 언니는 못 이기는 듯 고개를 끄덕였다. 우리는 우선 뒤에 있는 계단을 올라가 낙하산을 탔다. 수직으로 오르내리는 상자—상자라기보다 동물 우리 같다—에 선 채로 탄다. 우리가 탄 낙하산은 보라색이었다.

"우와, 시원하다."

나는 소리를 질렀다. 우리가 천천히 올라가자, 거리가 한눈에 내려다보인다.

"작은언니, 저기 좀 봐."

나는 도쿄 타워를 가리켰다. 수많은 빌딩, 수많은 네온사인, 그리고 밤하늘.

"작은언니 회사도 보여?"

내가 물었지만, 시마코 언니는 대답하지 않았다. 우리 난간을 꽉 잡은 채 꼼짝도 하지 않는다.

순식간에 낙하했다. 바람을 가르며 떨어진다. 나만 소리를 질렀지 시마코 언니는 이때도 아무 소리가 없었다.

"재미있었지?"

두 번을 오르내린 상자가 움직임을 멈췄다. 땅에 내려선 내가 말하자 시마코 언니는 고개를 끄덕였다.

"가면서 다시 한 번 타자. 너무 무서워서 잘 안 보였어."

그렇게 말하고는 성큼성큼 앞서 걷는 시마코 언니를 보면서 나는 역시 웃고 만다. 시마코 언니는 재미있는 사람이다.

우리는 공중 자전거를 타고, 격하게 움직이는 배 모양 놀이 기구를 타고, 청룡열차를 타고, 게임 코너에서는 카 레이스를 했다. 팝콘도 먹었다. 달이 예쁜 밤이었다. 끝없이 놀 수 있는 것처럼 마음이 홀가분했다.

"작은언니."

벤치에 앉아 종이컵에 든 사이다를 마시면서 나는 말했다.

"수채 밑의 뼈, 기억해?"

사이다는 밤에 밖에서 마시는 '물' 같은 맛이었다. 탄산이 들어 있는 달짝지근하고 시원한 물, 연못이나 강, 혹은 분수의 물과 비슷하다.

"기억하지."

시마코 언니가 대답했다. 역시 벤치에 앉아 종이컵에 든 커피를 마시고 있다.

"생각났지? 큰언니네 집에서."

시마코 언니가 물어, 이번에는 내가 고개를 끄덕였다. 옆에 있는 게임 코너에서 누군가가 조작하는 게임기 소리가 피융피융 들린다.

어렸을 때, 엄마는 우리에게 곧잘 그 얘기를 해주었다. 빨간

도깨비와 참외 아가씨와 악귀와 브레멘의 음악대. 잠들기 전이나 아침에 옷 갈아입는 것을 거들어줄 때 그리고 좁고 은밀한 치과 대기실에서, 엄마는 불쑥 그런 얘기를 들려주었다. 엄마의 말투가 간결하고 현장감에 넘쳐, 어쩔 수 없이 빨려 들어가곤 했다.

그중에서도 가장 충격적인 얘기는 '타닥타닥 산'이었다. 나와 리쓰는 물론 가장 나이가 많고 만사에 별로 동요하지 않는—당시 우리는 그렇게 생각했다—소요 언니까지 공포의 도가니에 빠졌다.

"저 수채 밑에 뼈 좀 봐."

낮고 굵직한 목소리로 섬뜩하게 말하는 엄마의 목소리가 우리의 심장을 푹 찔렀다. 이야기의 절정, 언어가 칼날이 되는 순간. 저 수채 밑에 뼈 좀 봐.

"큰언니도 기억하고 있겠지."

보글보글 터지는 사이다의 거품을 턱으로 맞으면서 나는 말했다.

그때는 부엌 근처에도 가고 싶지 않았다. 아무도 모르는, 소름이 쫙 끼치는 비밀이 숨어 있는 것 같아서 마음속으로 조심했다.

"나도, 지금 누군가를 죽이게 되면, 뼈를 싱크대 밑에 숨길 것 같아."

시마코 언니가 불쑥 말했다. 자그마하지만 강렬하게 빛나는 별이 몇 개 촉촉하게 깜박이고 있다.

"나도."

묘한 확신을 지니고 대꾸했다.

거의 문 닫을 시간에 낙하산을 다시 한 번 탔다. 이번 낙하산은 파란색이었다. 찰칵 소리 내며 문이 닫히자, 우리를 태운 우리가 천천히 상승했다. 꼭대기에서 잠깐 멈췄다가 밑창이 뚫리는 것처럼 툭 떨어진다. 그리고 또다시 상승. 이번에도 시마코 언니는 아무 말 하지 않았다. 난간을 꽉 잡고 똑바로 선 채였다. 날씬한 다리를 어깨 높이로 벌리고서. 간신히 버티고 있다는 느낌. 나는 많이 익숙해져 두 번째 떨어질 때는 조그맣게나마 꺄악, 하고 비명을 지르며 웃었다. 이마에 바람이 스치는 것도 느꼈다.

집으로 돌아오니 리쓰가 거실에 있었다. 흔치 않은 일이었다. 리쓰는 밥 먹을 때가 아니면 대개 자기 방에 있다.

"다녀왔어."

시마코 언니가 먼저 거실로 들어갔다. 분홍색 슬리퍼를 신은 뒷모습. 거실은 아주 밝다. 거실의 조명은 독특하다. 전구의 수가 유난히 많다. 조그맣고 하얀 유리갓을 쓴 전구가 네 개, 천장의 움푹 파인 곳에 박혀 있는 알전구 같은 전구가 여섯 개, 낮은

위치에 매달려 잘 모르는 손님이 툭하면 머리를 부딪는 전구가 하나, 식탁 바로 위 천장에도 두 개. 스위치만 해도 다섯 개나 된다.

"다녀왔어요."

나도 말했다. 그런데 엄마의 대꾸가 '어서 오너라.'가 아니었다.

"빨리 문 닫아!"

금방 윌리엄 때문이라는 것을 알았다. 산책 중에 사라져, 리쓰까지 수색에 동원된 것이다.

"엄마?"

모습이 보이지 않는 엄마를 조심조심 불렀다.

"여기 있다."

목소리가 먼저 들리고, 부엌 조리대 너머에서 쭈그리고 있던 엄마가 몸을 펴며 일어섰다.

"어서 와라. 큰언니는 어쩌고 있던?"

사방을 휘휘 돌아보면서 묻는다. 윌리엄은 한번 사라지면 잡기가 좀처럼 쉽지 않다. 몸이 재빨라서다.

"잘 있던데. 짐 정리도 잘 돼가고 있고."

시마코 언니가 대답한다.

"가자미 좋아하더라."

내가 덧붙였다.

"내일모레네."

소파 뒤를 들여다보던 리쓰가 말했다. 설레 하는 목소리.

"기다려진다."

나는 그렇게 말하고 윗도리를 벗고서 윌리엄 찾기에 동참했다.

"웰컴 파티도 해야겠지."

내가 말하자, 엄마가 이내 대답했다.

"그런 걸 왜 해."

하지만 목소리는 웃고 있었다.

"몇 시쯤 오려나."

리쓰의 말에 부엌에서 물을 마시고 있던 시마코 언니가 "오후." 하고 짧게 대답했다.

"날씨가 좋으면 좋겠다."

"메뉴는 뭐가 좋을까."

쭉 편 허리를 툭툭 치면서 엄마가 말했다. 그러니까 엄마는 웰컴 파티 생각을 하고 있는 것이다.

일어나야 할 일이기에 일어났는지도 모른다. 윌리엄은 무척이나 재빨랐고, 게다가―엄마는 인정하려 하지 않지만―말이 통하지 않았다. 엄마는 매일 밤 윌리엄을 우리에서 꺼내 산책을 시키다 적당한 시간이 되면, 자 이제 끝났으니까 들어가자, 하며 재촉하지만 윌리엄은 말을 듣지 않고 도망 다닌다. 그러다 결국 엄마가 우아하고 재빠른 손길로 그 조그만 몸을 붙잡아 우리에 집어넣는다. 보통은 늘 그렇다. 때로 엄마가 윌리엄을 놓치기도 한다. 바로 어젯밤처럼. 그런 때 윌리엄은 그 조그맣고 가녀린 발로 온 부엌을 과감하게 뛰어다닌다. 한동안 술래잡기가 계속된다. 냉장고 옆의 좁은 틈, 거실에 있는 피아노와 장식장 사이 좁은 틈새에 숨으면 아무도 손을 쓸 수 없다.

 하기야 그런 때도 엄마는 침착했다. 웬만한 선에서 수색을 포기하고 윌리엄을 그냥 남겨둔 채 냉큼 2층으로 올라가버린다. 바로 어젯밤처럼. 문을 나서기 전에 엄마는 큰 소리로 그렇게 고집 부려봐, 누가 겁낼 줄 알고, 하고 들으란 듯이 말하지만 그 말을 듣고 월리엄이 당황하거나 후회했는지는 아무도 모른다. 아무튼 다음 날 아침이 되면 월리엄은 어디선가 반드시 나타났고, 배가 고파 이내 먹이―다이어트용. 수의사 말로 월리엄은 약간 비만이기 때문에 이대로 내버려두면 심장에 부담이 간단다―에 다가온다. 안 그래도 아침의 월리엄은 밤새워 돌아다닌 탓에 금방 잡힌다.

그런데, 오늘 아침에는 달랐다.

화창하고 따뜻한 아침이었다. 나는 자면서도 얼굴 위로는 햇살을 느끼고 있었다. 눈을 감고 있는데도 얼굴 주위가 하얗고 눈부셨다. 얇은 눈꺼풀이 따끈하고 살짝 떨렸다.

"누나, 큰일 났어."

방으로 뛰어 들어온 리쓰가 말했다. 뭔지 모르지만 중대한 일이 벌어졌다는 것을 알 수 있는 목소리에 눈을 떴다.

"월리엄이 당했어."

무거운 목소리여서, 그냥 다친 정도가 아니라는 것도 알 수 있었다.

"……누구에게?"

나는 누운 채로 리쓰의 얼굴을 보며 물었다. 당했다, 는 말에서 고양이 같은 동물의 잔인한 이빨을 연상했기 때문이다.

"사고야."

리쓰는 그렇게 말하고 침통한 표정으로 내 침대에 앉았다.

"순식간이었어. 정말 순식간."

거기까지 말하고서 리쓰는 잠시 입을 다물었다가 풀 죽은 목소리로 다시 말했다.

"무덤, 만들어야겠지."

우리는 마당에 조그만 구덩이를 팠다. 엄마가 손수건에 싼 윌리엄을 거기에 살며시 눕혔다. 앵두나무 잔가지를 하나 올려놓고, 윌리엄이 좋아했던 시소와 쳇바퀴도 함께 묻었다.

"가엾게."

엄마가 중얼거렸다. 콧등이 약간 빨갰지만, 이미 울고 있지는 않았다.

"겨울도 잘 넘겼는데."

내가 그렇게 말하자 리쓰가 고개를 끄덕거렸다. 언젠가 수의사가 햄스터는 추위에 약하기 때문에 대개 겨울을 넘기지 못하고 죽는다고 했다.

"장한 윌리엄."

리쓰의 말에 나도 엄마도 아빠도 고개를 끄덕인다. 감나무 밑 윌리엄의 무덤은 흙을 고루 꼼꼼하게 덮은 탓에 다른 땅과 구별되지 않았다. 살랑살랑 부드러운 바람이 불어왔다.

"유키코."

아빠가 웬일로 엄마를 이름으로 불렀다.

"너무 슬퍼하지 말라고."

일이 난감하게 되었다는 말투였다. 아빠는 엄마의 대답을 기다리지 않고 집 안으로 돌아가, 나와 엄마와 리쓰만 남았다. 윌리엄이 묻힌 마당에.

본 사람은 리쓰뿐이었다. 엄마는 부엌에서 두 사람의 홍차를 따르고 있었고, 시마코 언니는 세면실에서 출근할 준비를 하고 있었다. 아빠가 여느 때와 다르지 않은 아침 식사—실론티 두 잔, 계란 반숙과 바나나 한 개씩—를 하려고 신문을 펼쳐들고 의자에 앉기 바로 전에, 그것이 언뜻 리쓰의 눈길을 스쳤다. 아빠 의자에 기어올라 이쪽에서 저쪽으로 쏜살같이 건너가려던 윌리엄의 조그맣고 매끄러운 갈색 등.

"앗."

리쓰가 소리를 지르는 순간, 거의 동시에 아빠가 의자에 앉은 모양이다. 그것이 윌리엄의 최후였다.

"어머, 그런 일이 어떻게."

얘기를 들은 소요 언니는 미간을 찡그리고 잠시 생각에 잠기는 표정을 짓더니, 그렇게 중얼거렸다.

"어제 그랬어?"

응, 하며 리쓰가 고개를 끄덕인다. 창밖에는 저녁 어둠이 깔리고, 우리 셋은 홍차를 마시고 있었다.

"엄마가 안됐네."

소요 언니가 말했다. 나와 리쓰는 고개를 끄덕였지만 엄마는 우리가 걱정하는 것보다 훨씬 활기차 보였다. 어제는 종일 침울해하더니 오늘 아침에는 벌써 평소 모습으로 돌아와, 소요 언니의 이불을 내다 널고 방을 정리하고, 큰딸이 돌아왔다고 보고하기 위해 이웃을 이리저리 찾아다녔다. 게다가 아침 먹는 자리에서, 가을이 되어 엄마 생일이 돌아오면 '갈색과 하얀 색 점박이에, 꼬리는 있는지 없는지 모를 만큼 작고 귀엽고, 코는 분홍색이고, 등을 쓰다듬으면 벨벳처럼 느낌이 부드럽고, 손바닥에 올려놓으면 네 다리는 조그맣고 발바닥은 파충류처럼 차가운' 윌리엄을 사달라고 부탁했다고 한다. 가능하면 조금 오동통한 체형, 이란 주문이 하나 덧붙었다며 리쓰는 씁쓸히 웃었다.

"어디쯤이야, 무덤?"

나와 리쓰가 설명하자, 성묘를 하고 오겠노라며 소요 언니는 계단을 내려갔다.

소요 언니는 점심때가 되기 전에 집에 도착했다. 짐은 전부

택배로 보냈다면서, 아주 가뿐한 차림이었다.

"다녀왔어요."

나와 엄마와 리쓰가 현관으로 달려 나가자, 소요 언니는 잠시 역 앞에 산책하러 갔다 왔다는 투로 말하고는 싱긋 웃었다. 손에는 케이크 가게의 마나나무 케이크 상자를 들고 있었다. 쿠키 구울 시간이 없어서, 오는 길에 이세탄 백화점에 들러 사 왔단다.

"뭐하러 이런 걸 사 와."

엄마가 상자를 받아 들면서 말했다.

"금작화 화분, 밖에다 내놨는데, 들어오다 봤어? 마침 꽃이 피기 시작해서. 조그만 봉우리가 잔뜩 맺혔으니까 앞으로 한참은 필 거야."

엄마가 그렇게 말하고는 현관을 가리켰다.

"응, 봤어. 예쁘네."

소요 언니가 대답했다. 보지 못한 나와 리쓰는 샌들을 신고 밖으로 나갔다. 구름이 엷게 끼어 있었지만 공기는 제법 따뜻했다. 금작화는 선명한 노란색으로 피어 있었다.

"막내 누나."

침대에 걸터앉아 있던 리쓰가 애독서를 펼치고는 불쑥 물었다.

"이거, 어느 나라 국기인지 알아?"

본 적 없는 국기였다. 모르겠다고 대답했더니, 리쓰는 우쭐한 표정으로 설명한다.

"세인트 빈센트 그레나딘 제도."

"뭐? 그게 한 나라의 이름이니?"

"응. 카리브해 동쪽에 있는 섬인데, 나랑 나이가 같아."

"……나이가 같다고?"

"응. 1979년에 독립이 인정되었으니까."

그 말을 들은 나는 몹시 부러워졌다.

"흐음. 그렇구나."

새삼스레 책을 바라본다. 파랑과 노랑과 황록색의 상큼한 국기였다. 나는 윌리엄의 무덤에 다녀온 소요 언니에게도 그 페이지를 보여주며 설명했지만, 언니는 딱히 부러운 기색 없이 미소 지으며 그러니, 하고만 대꾸했다.

저녁은 로스트비프였다. 양파를 듬뿍 넣은 육즙을 뿌려 먹는다. 소요 언니가 좋아하는 매시트포테이토를 곁들여서. 삶은 계란과 그린 아스파라거스 샐러드와 리쓰가 좋아하는 콘 수프도 있었다. 소요 언니를 위한 웰컴 파티와 리쓰의 졸업을 축하하는 식사(어제가 졸업식이었다. 참석하지는 못했지만). 시마코 언니도 일찍 돌아와, 가족이 모두 모여 건배를 했다. 리쓰와 나는 사이다로, 나머지 사람들은 화이트 와인으로. 열세 개(부엌 천장에 있는 네모나고 커다란 형광등까지 합하면 모두 열네 개)의 전구가 휘황하게 빛나는 밝은 다이닝에서.

"졸업 축하해."

모두가 말하자, 리쓰는 쑥스러운 듯이 "고마워요." 하고 말했다. 목에 플라스틱 개구리를 걸고 있다.

화목한 자리였다. 소요 언니에게는 아무도 축하한다고 말하지 않았지만, 언니가 그 자리에 함께 있다는 것은 모두가 기뻐했다. 가족이 다시 모였다는 것은 순수한 기쁨이며 행복한 온기 같은 것. 먼저 목욕을 끝내 비누 냄새 풍기는 아빠는 와인을 맛나게 마셨고, 나는 소요 언니의 얇고 화사한 도자기 밥그릇—동백꽃 무늬가 찍혀 있다—과 옻칠한 젓가락을 흐뭇하게 바라보았다.

초인종 소리는 내가 밥을 두 공기째, 리쓰가 세 공기째 먹을 때 울렸다. 현관에 나간 엄마의 목소리로 손님이 누구인지 금방 알았다.

"어서 들어와요."

엄마는 몇 번이나 그렇게 말했다.

"소요도 안에 있으니까."

형부였다. 옆에 있는 시마코 언니가 긴장하는 것을 느낄 수 있었다. 아빠와 소요 언니는 식사를 중단했다.

"들어와서 차라도 마셔요."

엄마가 톤이 높은 목소리로 말한다.

"소요 아빠도 있고 하니까."

하지만 형부는 고집스럽게 사양하는 듯하다. 나는 사이다를 한 모금 마시고 컵을 살며시 식탁에 내려놓았다. 타닥타닥 슬리퍼 소리를 울리며 엄마가 종종 돌아온다.

"쓰게 서방이 왔네."

이미 아는 소리를 한다. 아빠와 소요 언니가 밖으로 나갔다.

"인사하러 왔대."

식탁에 남은 우리 셋에게 엄마가 작은 소리로 말한다. 나는 귀를 쫑긋 세웠지만, 아빠 목소리는 낮고 멀어서 잘 들리지 않았다. 안절부절못하다가 다시 부산스럽게 현관으로 나간 엄마는 2, 3분 지나 돌아왔다. 그동안 엄마의 목소리는 나지 않았다. 아빠와 형부 둘이서만 계속 얘기한 모양이다.

"너희들도 나가서 인사하고 와."

그래서 우리는 줄줄이 현관으로 나갔다.

형부는 회사에서 돌아오는 길인지 양복에 코트를 입은 차림이었다. 짙은 갈색 레인코트.

"안녕하세요."

리쓰가 예절 바르게 인사하자, 형부도 똑같은 말로 답하며 미소 지었다. 상냥한 목소리.

"졸업했다면서. 축하한다."

무테 안경 너머에서, 조그만 눈이 리쓰를 지그시 보고 있다. 선이 가늘고 존재감이 없는 사람이라 여겼는데, 오늘은 그렇지도 않아 보인다. 어엿한 남자다. 나는 놀랍게도, 가슴이 살짝 아팠다. 심통 맞은 짓을 하고 난 후 같은 기분.

"고토코도 생일 축하해. 날짜가 많이 지나기는 했지만."

형부가 겸연쩍게 웃었다.

"여기 이러고 있지 말고 잠깐이라도 들어와요."

엄마가 끼어들었다. 하지만 형부는 고개만 가볍게 숙이고는 "아닙니다. 그냥 여기서." 라 하고는, 시마코 언니 쪽을 보면서 말했다.

"시마코도 건강하게 잘 지내고."

이것으로 인사치레는 다 했다고 생각했는지 형부는 현관에 똑바로 선 채 엄마와 아빠를 향해 몸을 틀고 고개를 꾸벅 숙였다.

"그럼 이만 가보겠습니다."

"아니, 이렇게 보내서 어쩌나."

그렇게 말하는 엄마의 코끝이 또 빨갛다. 아빠는 말없이 고개만 숙였다. 생각보다 길었던 시간.

"그럼."

형부는 마지막으로 소요 언니를 보고서 싱긋 웃었다. 나는 무서워서 소요 언니의 얼굴을 볼 수 없었다. 시마코 언니는 옆에서 두 다리를 약간 벌린 채 꼼짝 않고 서 있다. 낙하산을 탔을 때처럼.

철커덕. 묵직한 금속 소리를 남기고 현관문이 닫혔다. 소요 언니는 배웅하러 나가지 않았다. 역으로도, 버스 정거장으로도. 이렇게 우리의 언니에게 '반죽음'을 당한 형부는 돌아갔고, 그 형부에게 '반죽음'을 당한 언니는 집으로 돌아왔다.

어렸을 때 나는 과일 장수가 되고 싶었다. 색깔이 알록달록하고 갖가지 모양에 향기도 좋은 과일에 둘러싸여 살 수 있으면 얼마나 즐거울까, 하고 생각했다. 리쓰는 버스 운전사나 피아니스트, 시마코 언니는 간호사 그리고 소요 언니는 주판 선생이 되고 싶어했다. 오늘 쓰게 형부를 보면서 왠지 그 기억이 떠올랐다. 어린 시절에 되고 싶었던 것, 될 수 있다고 생각했던 것.

후카마치 나오토는 그제 스키를 타러 떠난 후로 매일 밤 전화를 걸어준다. 오늘도 왔다. 놀이공원에 같이 가기로 했던 약속을 날려버려 조금은 미안해하는지도 모르겠다.

봄눈이라 미끄럽다, 고 후카마치 나오토는 말했다. 질척인다, 가 아니라 미끄럽다, 라고. 보드를 밟을 때의 감촉도 허망해서 타다 보면 서글퍼진단다. 이걸 끝으로 다음 겨울까지 이별이라고 생각하니.

"낮에는 햇볕이 강해서, 굵직한 고드름이 녹아 물이 줄줄 떨어지는데, 눈도 부시고, 뭐라 표현은 잘 못하겠지만, 좀 서글퍼지더라고."

숙소의 부엌 옆에 매달린 고드름이란다. 부엌문과 마주한 곳에 보드를 세워놓는 오두막이 있고, 두 건물 사이로 길이 나 있다. 밖에 수도가 있고, 양동이가 두 개 놓여 있다고 한다.

"알 것 같아."

주의 깊게 상상하면서 나는 말했다. 아주 어렸을 때, 간혹 그런 기분이 들었다. 어쩌면 좋은지 알 수 없고, 자신이 잘못된 장소에 있는 듯한.

"응."

후카마치 나오토는 만족스럽게 말한다.

"알아줄 줄 알았어."

그렇게 말해줘서, 나는 기뻤다.

"납작하고 네모난 과자, 샀어?"

현실적인 목소리로 묻자, 후카마치 나오토는 잠시 웃고서 다섯 개를 샀다고 대답했다.

전화를 끊은 후, 노크 소리가 들리면서 소요 언니가 얼굴을 들이밀었다. 긴 머리칼을 땋아 내린 소요 언니.

"잠깐 들어가도 돼?"

"그럼."

소요 언니가 비누향과 함께 들어와 침대에 앉았다. 기다렸지만, 아무 말도 하지 않는다.

"케이크, 맛있더라."

할 수 없이 내가 먼저 말을 꺼냈다. 소요 언니가 사온 이세탄 백화점 마나나무의 케이크다.

"그러니."

소요 언니는 고개를 옆으로 살짝 기울이고는 한껏 부드럽게 미소를 머금었다. 냉장고 문에 붙어 있는 액자 자석 속의 사진과 똑같은 얼굴이다.

"드디어 돌아왔네."

내가 말하자, 소요 언니도 감회 어린 목소리로 대답한다.

"그래. 돌아왔어."

"재미있었어, 결혼 생활?"

내가 묻자 소요 언니는 지그시 생각하고서 대답했다.

"조금은."

하양과 검은색 얇은 저지 잠옷을 입은 언니는 머리를 땋은 탓인지 유독 어려 보인다.

"고토코."

두 손을 가지런히 무릎에 올려놓고서 소요 언니가 내 이름을 불렀다.

"왜?"

아이가 태어날 거야.

잠시 틈을 두고서, 우리의 언니는 그렇게 말했다. 조용하고 밋밋한 목소리로.

나는 어안이 벙벙해지고 말았다.

"정말?"

조그만 목소리로 간신히 그렇게 말했지만, 거의 기계적인 대꾸였다.

"정말."

방긋 웃으며 소요 언니가 대답한다.

"형부는 알고 있어?"

언니가 아직, 이라고 대답하는데 노크 소리에 이어 리쓰가 들어왔다.

"막내 누나."

어린 동생 리쓰는 얼굴에 장난감 선글라스를 쓰고 있다. 하얀 플라스틱 테에 렌즈는 풀 같은 초록색이다.

"아, 큰누나도 있었어."

소요 언니를 보고서 말한다.

"조사해봤는데."

들고 있던 국기 책을 펼쳐 내게 내밀면서 동생이 말했다.

"막내 누나랑 같은 나이의 나라."

리쓰 말로 1975년에는 독립한 나라가 유난히 많았는지, 네 나라나 찾아냈다고 한다. 각각의 나라에 포스트잇이 붙어 있어, 나는 그 나라들의 국기를 차례로 바라보았다. 카보베르데 공화국, 코모로 이슬람 연방공화국, 상투메 프린시페 민주 공화국, 모잠비크 공화국.

"코모로는 아프리카랑 마다가스카르 사이에 있는 섬인데, 실러캔스가 살고 있었대, 1938년에! 진짜 놀랍지. 그리고 모잠비크는……"

나는 곤혹스러웠다. 리쓰의 설명을 들으면서 나도 모르게 소요 언니의 배를 슬쩍 보고 만다. 배와 배의 주인은 잠옷에 싸여 평화로운 모습으로 내 침대에 걸터앉아 있다.

엄마는 레인코트를 렌코트라고 발음했다. 그래서 어린 시절의 나는 그런 이름인가 보다고 생각했다. 장화와 렌코트 그리고 젖으면 축축하고 묵직해지는 아플리케가 붙어 있는 헝겊 우산. 우산은 노란색이었지만, 비에 젖으면 애처로운 거무칙칙한 색이 되었다.

봄비는 소리 없이 내린다. 자잘한 빗방울이 부슬부슬 끝없이 내린다. 부드럽고 싱그럽다. 나는 다다미방에 납죽 앉아 열린 창틀에 두 팔을 대고 비를 바라보고 있다. 후카마치 나오토는 바로 옆에 엎드려서 잡지를 읽고 있다. 페이지를 넘기는 메마르고 평온한 소리가 들린다.

후카마치 나오토의 방은 2층 끄트머리에 있는 세 평짜리, 제법 깔끔하게 청소가 되어 있다.

"대학 입시, 어려웠어?"

창밖을 바라보면서 나는 물었다. 이곳에 오는 것은 오늘로 두 번째다.

"입시? 잊어버렸지. 나름 공부는 한 것 같은데."

후카마치 나오토가 잡지를 접는다.

"왜? 대학 가려고?"

아직 모르겠어, 하고 나는 대답했다.

"그런데 공부하는 것도 나쁘지 않을 것 같아서."

그리고 대학생이라는 것도, 생각했던 것만큼 한심하지는 않아 보이니까. 마음속으로 그렇게 덧붙였다.

"그러니."

후카마치 나오토가 친절한 목소리로 대꾸한다. 놀라거나 이러쿵저러쿵 묻지 않는다. 나는 발치에 놓인 쟁반에서 잔을 들어 커피를 한 모금 마셨다. 비와, 다다미와, 눅눅한 나무 창틀과 그리고 식어서 씁쓸해진 커피향이 섞인다.

그때 불현듯, 그것이 찾아왔다.

뚝, 심장이 떨어져 나간 듯한 느낌, 몸 한 가운데가 텅 비어버린 듯한 느낌, 불안해서 어쩔 줄 모르는 그 황망한 느낌. 오랜만이었다. 이 넓은 땅에 나 혼자만 있는 듯한.

"비 오는 날은 쓸쓸해."

혼잣말을 하듯 중얼거리자, 후카마치 나오토가 내 발을 살짝 만졌다.

"아직도 쓸쓸해?"

크고 따스한 손바닥. 하지만.

"응, 쓸쓸해."

솔직하게 대답했다. 솔직하게 대답하고서 그의 몸에 딱 달라붙게 얼른 엎드려 겨드랑이 움푹 파인 곳에 볼을 대었다. 후카마치 나오토의 몸은 무척 크고 따뜻하고 좋은 냄새가 난다. 나는 두 팔을 뻗어 후카마치 나오토의 몸을 꼭 껴안았다. 그리고 꼼짝 않고 있었다.

"초등학교 다닐 때, 무슨 색깔 우산 썼어?"

딱 달라붙은 채 물었다.

"초등학교, 몇 학년 때?"

후카마치 나오토는 진지한 목소리로 질문한다.

"1학년."

빗소리가 가까워진 듯한 느낌이 들었다. 방 안으로 내리는 것처럼. 부슬부슬, 보드랍게 공기에 휘감기듯.

"감색."

후카마치 나오토가 짧게 대답한다.

"무늬는?"

"없었어. 단색."

나는 상상했다. 조그만 감색 우산.

"렌코트는?"

"……그것도, 아마 감색이었을걸."

얘기하면서 더는 쓸쓸하지 않았다. 한 손을 후카마치 나오토의 샤타구니에 올려놓고 손가락을 밥공기 모양으로 오므려 감싸 쥐자, '뚝'이 신기할 정도로 싹 사라졌다. 대발견이었다.

소요 언니가 시마코 언니에게는 임신 사실을 벌써 털어놓은 상태였다. 시마코 언니는 잠시 입을 다물지 못할 정도로 기뻐하면서 아빠 역할은 자기가 맡겠노라며 열을 올렸다. 나 다음으로는 리쓰가 알게 되었다. 저녁때였고 우리는 거실에서 스모를 보고 있었다.

리쓰는 얼빠진 듯 멍한 반응을 보이고는 이상한 질문을 했다.

"그 아이, 태어나는 거야?"

소요 언니가 아마, 하고 대답하자 리쓰는 골똘히 생각하고는 흐음, 이라고 중얼거렸다. 그리고 말없이 텔레비전을—두 경기가 진행되는 동안—쳐다본 후 기대에 찬 목소리로 말했다.

"남자아이면 좋겠다."

본인은 아는지 모르는지 모르겠지만, 소요 언니는 이런 일에 능숙하다. 이런 일이란 어떤 유의 고백. 시마코 언니처럼, 저녁 먹는 자리에서 갑작스럽게 선언하는 섣부른 짓은 하지 않는다.

한 사람 한 사람을 자기편으로 만들어가는 것이다.

"형부에게는 언제 말할 거야?"

"준비가 되면."

봄은 날로 무르익어, 여기저기에 새싹이 돋고 꽃망울이 맺혔다. 가을 다음으로 봄이 좋다는 엄마는 그래서 기분이 좋다.

나는 입시를 위해 공부를 시작했다. 지난 일요일, 수족관에서 데이트를 한 후에 책방에 들러 후카마치 나오토에게 참고서를 골라달라고 했다. 리쓰는 색연필로 시간대를 구분한 동그란 차트식 생활 계획표를 만들어 주었다. 그 계획표에는 내가 날마다 아침 8시에 일어나 9시부터 12시까지 공부하는 것으로 되어 있다.

월말이 되었는데도 시마코 언니에게서는 선물이 없었다. 먼저 알아챈 것은 리쓰였다.

"벌써 4월이네."

늦은 아침을 같이 먹고 있는데, 리쓰가 불쑥 말했다.

"그러네."

나는 포치드에그가 얹혀 있는 토스트를 물끄러미 바라보면서 대답했다. 의식을 집중하는 것이 중요하다. 포치드에그를 얹은 토스트는 맨 처음 한 입에 노른자위가 주르륵 흘러내린다.

"막내 누나, 뭐 받았어?"

에둘러 말해봐야 소용없다고 판단한 어린 동생은 포기하고서 혼자 말을 이어간다.

"지난달, 작은누나에게서."

그러고 보니까, 하고 생각했다.

"아니, 안 받았는데."

위태롭게 토스트를 다 먹은 나는 홍차를 한 모금 마시고, 이번에는 천천히 대답했다.

"너도 그러니?"

우리는 얼굴을 마주 본다. 입가에 미소를 띠고 있었다고 생각한다. 이런 때 우리는 호기심을 억누르지 못한다.

"어떻게 된 거지?"

시마코 언니는 취직한 후로 4년 동안, 월말에 월급을 받으면 단 한 번도 빠뜨리지 않고 습관적으로 선물을 사 왔다.

"우리가 아무리 사양해도 사 오더니."

시리얼과 계란, 삶은 채소와 홍차. 고등학교를 졸업할 때까지는 의무적으로 그렇게 먹어야 하는 아침을 능숙하게 몸에 담으면서 리쓰가 조금 걱정스럽게 말했다. 부엌에서는 소요 언니가 오후의 티타임을 위한 과자를 굽고 있다.

"그 습관은 이제 끝났어."

거실에서 신문을 읽고 있던 엄마가 느닷없이 말했다. 나와 리쓰가 돌아보자, 엄마는 신문에서 얼굴을 들고 단호한 표정과 말투로 말했다.

"그만두라고 했어. 언제까지 그러고 있을 수는 없잖아."

그리고 신문을 착착 접는다. 바스락거리는 소리가 난다. 그 소리에 조금도 묻히지 않는 강경한 목소리로 엄마가 다시 말한다.

"시마코도 앞날을 생각해서 저금 정도는 하나 들어두어야지."

엄마의 말이 옳다. 게다가 우리도 시마코 언니의 선물 자체를 그리 반기지 않았다. 그런데도 나와 리쓰는 풀이 죽어 입을 다물고 말았다. 마치 우리가 꾸중을 들은 것처럼.

앞날이라든지 저금 하나, 라는 말은 언제나 우리의 마음을 어둡게 한다.

"리쓰."

느긋한 목소리로 소요 언니가 불렀다.

"너 입학식 언제야?"

처음에는 여기 비디오를 어떻게 녹음하는지 기억나지 않는다는 둥, 과일칼이 어느 서랍에 들어 있는지 모르겠다는 둥 생뚱맞은 소리를 하던 소요 언니는 집에 돌아온 지 고작 반달 만에 마치 결혼 따위는 한 적조차 없었던 것처럼, 내내 여기 살았던 사람처럼 이 집의 호흡에 익숙해졌다.

"10일, 월요일."

리쓰가 대답했다. 그렇구나, 하고 대꾸한 소요 언니가 무슨 생각을 하는지는 금방 알 수 있었다. 사진이다.

"벌써 예약해놓은 거야?"

바통을 이어받는 식으로 내가 엄마에게 묻자, 엄마는 고개를 끄덕이며 9일, 이라고 말했다. 우리 집에서는 입학식 때면 반드시 가족사진을 찍는다. 그것도 사진관에 가서 찍는다. 이유는 모르겠지만, 유치원 입학은 포함되지 않는다. 그래서 지금까지 10장의 사진이 모였다. 이번이 11장째다. 금세 알 수 있다. 입학식 사진만 따로 모아놓은 전용 앨범이 아빠와 엄마의 침실에 놓여 있고, 엄마가 수시로 그 앨범을 들여다보는 데다 때때로 화제 삼기 때문이다. 두 번째 사진을 찍을 때, 고토코가 칭얼거려서 애먹었다느니(말이 나온 김에 말하자. 그것은 시마코 언니의 입학식 때였고, 나는 두 살이었다. 리쓰는 아직 태어나지도 않았다), 아홉 번째와 열 번째 때는 아빠가 눈을 감았다느니, 일곱 번째에는 소요가 입은 투피스 같은 옷이 입고 싶었는데 못 샀다느니(이 얘기는 특히 자주 한다). 그래서 필연적으로 기억하게 된다. 게다가 기념사진을 차례대로 보면 참 재미나다. 아빠가 생활 속에서 스냅사진을 꼼꼼하게 찍는 타입이 아니라서 더욱 그런지도 모르겠다. 첫 번째 사진—소요 언니의 초등학교 입학식 때. 시마코 언니는 3살이었고, 리쓰는 물론 나도 아직 태어나지 않았다—은 유독 흥미로워, 어렸을 때도 나는 신기한 기분으로 바라보았다. 해에 따라서는 입학이 더러 겹치기도 했다. 소요 언니와 시마코 언니는 같은 해에 고등학교와 중학교에 입학했다. 소요 언니가 대학에 입학하던 해에는 네 형제 중 셋이 어딘가에 입학했다. 우리 가족의 역사다.

해 질 무렵, 목욕을 하고 있는데 엄마가 욕실로 들어와 저녁 먹기 전에 최대한 하얗고 매끄럽고 조그만 돌을 주워 오라고 한다.

"몇 개 정도?"

욕조에 몸을 담근 채로 물었다.

"열 개에서 열다섯 개."

엄마가 대답한다.

"알록알록한 것도 있으면 섞어서."

"알았어."

그렇게 대답은 했지만, 엄마가 나가기를 기다렸다가 나는 입을 비죽 내밀었다. 가령 영화에서 보는 것처럼 남프랑스의 해변 별장지에 살기라도 한다면 그런 돌을 무수히 주울 수 있을지도 모른다. 하지만 이곳은 도쿄 어귀의 평범한 주택가다.

목욕을 끝내고 나온 나는 검은 점퍼를 입고 아빠 샌들을 대충 신고 밖으로 나갔다. 검푸른 공기.

초등학교 뒷마당에서 하얗지는 않아도 비교적 매끈한 작은 돌을 주워 모았다. 쪼그리고 앉으면 샴푸 냄새가 난다. 화단 속에 예쁜 돌이 꽤 있었다. 고르면서 줍다 보니 손톱 밑에 흙이 잔뜩 끼었다. 불 꺼진 캄캄한 학교 건물을 올려다본다. 내게 이곳은 미지의 장소다. 소요 언니와 시마코 언니가 다녔던 초등학교.

"다녀왔어요."

집으로 돌아오니 현관이 밝고 따뜻하고, 저녁밥 냄새가 났다. 찜요리 냄새와 생강 섞인 물만두 냄새.

"어서 와."

부엌에서 나온 소요 언니에게 작은 돌을 건넨다.

"하얀 게 별로 없더라."

"괜찮아. 아무 상관없어."

소요 언니가 소리 죽여 말하고는 싱긋 웃었다. 안심한 나는 샌들을 벗고 2층으로 올라가 손을 씻은 후에 리쓰의 방에 들어갔다.

리쓰는 페트숍 보이스를 들으면서 미망인 인형을 만들고 있었다. 그녀는 짧은 커트 머리에 검은 레이스 속옷 차림이다.

"여고생 인형보다 예쁜데."

내가 감상을 말하자 리쓰는 작업을 멈추고 인형을 멀뚱멀뚱 바라보고는 그런가, 하고 동의하기 어렵다는 듯이 말했다.

"여고생보다 말랐어."

리쓰가 그런 의견을 덧붙인다. 나는 점퍼를 벗고 리쓰의 침대에 앉았다.

"『Y씨의 이웃』 좀 본다."

베개 맡에 있는 만화를 집어 들고 말했다. 나는 리쓰의 방에서 읽는 만화를 좋아한다.

"응."

양말을 벗고 침대에 엎드려 느긋하게 읽기 시작하는데, 계단을 올라오는 엄마 발소리가 들렸다. 이제 곧 아빠가 돌아오는 것이다.

소요 언니는 당당했다.

"놀라게 해서 미안해요."

딱하게 된 엄마와 아빠에게 그렇게 말하며 고개를 숙였지만, 소요 언니는 조금도 미안한 태도가 아니었다.

아빠 얼굴에는 아무런 감정도 어려 있지 않았다.

엄마는 비극적인 표정을 짓는가 하면 허풍스럽게 한숨을 푹 내쉬기도 했지만, 그것은 마음을 가라앉히기 위한 그녀 나름의 수순이다.

"지금 4개월이에요. 병원에 가서 진찰을 받았는데 모든 것이 순조롭답니다. 이제 안정기에 들어서나 봐요."

"4개월이라니, 그럼 너 알면서도 헤어진 거니? 4개월이라니."
엄마의 말이 도중에 끊겼다. 그리고 말을 잇는 대신 한숨과 함께 중얼거렸다.
"어쩌자고 그런 일을."
나와 리쓰는 한 의자에 등을 맞대고 앉아—내가 리쓰의 등받이 역할을 하면서—잠자코 상황을 지켜보았다.
"전남편과는 얘기를 끝냈느냐?"
아빠가 그렇게 말했을 때, 나는 전남편이란 말이 무슨 소리인지 알지 못했다.
"이제 해야 돼요."
소요 언니는 주저 없이 대답했다. 아빠가 그렇구나, 하며 고개를 끄덕거린다.
엄마는 충격을 받은 듯 보였다.
"아니 너, 아직 말을 안 했다는 거니? 전혀?"
나는 일어나 부엌에 가서 호지차를 끓였다.
"나도 마실래."
리쓰가 말했다.
엄마가 한숨을 쉬어 방 안이 잠잠해졌다.
탁, 하는 작은 소리가 나면서 순간적으로 텔레비전이 켜졌다. 돌아보니 아빠가 리모컨을 쥐고 있다.

"여보."

엄마가 엄한 목소리로 말했다. 텔레비전에서는 시끌시끌한 퀴즈 프로그램이 방영되고 있다.

"어쩔 수 없잖소."

소파에 앉아 텔레비전을 물끄러미 바라면서 아빠가 작은 소리로 말했다.

"어쩔 수 없지 않느냐고."

나와 리쓰는 얼굴을 마주 보았다. 애써 내키지 않는 말투를 가장하고 있지만 아빠의 입가가 이미 벌어져 있었기 때문이다.

"그야 그렇지만."

불만인 듯 얘기하면서도 엄마는 리쓰의 얼굴을 본다. 구원의 손길이 필요한 것이다.

"나는 남자아이면 좋겠는데."

리쓰가 기꺼이 손을 내민다. 물론 포기하기 위한 손길이다.

"뭐니, 너까지 그런 소리를 하고."

엄마가 마지막으로 다시 한 번 한숨을 쉬었다.

보나마나 나는 내일 찰밥에 섞을 팥을 사 오라는 심부름을 하게 되리라.

9일은 날씨가 쾌청했다.

"준비 다 됐니?"

내가 하늘과 옆집 마당의 장미를 바라보고 있는데, 시마코 언니가 방에 들어와 물었다.

"응."

몸만 비틀어 대답하자, 시마코 언니가 내게 다가와 뭐하고 있는데, 하고 궁금한 듯 묻는다. 나는 침대에 무릎을 꿇고 방 한가운데 쪽으로 엉덩이를 비죽 내민 자세로 창밖을 보고 있었다. 두 손을 창틀에 올려놓고서.

"하늘이 참 예뻐."

나는 자랑스럽게 말했다.

"그리고 옆집 장미도. 저것 좀 봐."

몸을 옆으로 비켜 시마코 언니에게 자리를 내준다. 시마코 언니는 침대에 한쪽 무릎만 대고서 몸을 앞으로 쭉 내밀어 밖을 본다.

"정말 그러네."

향수 냄새가 코끝을 스친다.

"꽤 이르게 피는 장미네."

엷은 노란색 장미가 동글동글 탐스럽게 딱 한 송이 피어 있었다. 블록 담 너머에 있는 옆집 마당.

"너희들 아직 멀었니?"

노크 소리가 나는 동시에 엄마가 얼굴을 들이밀며 말한다. 갓 세수를 하고 외출복을 입은 엄마. 바로 뒤에 리쓰도 서 있다.

"아빠가 기다리다 목 빠지겠다."

엄마가 온화한 목소리로 말한다. 나는 서둘러 창문을 닫았다.

1층으로 내려가니 아빠와 소요 언니는 벌써 구두를 신고 현관에 서 있었다. 우리는 앞을 다투어 구두를 신고서 차례차례 밖으로 나간다. 4월의 하늘은 상큼하고 화창하고, 부는 바람에서는 향내가 났다. 문을 잠그는 것은 리쓰 몫이다.

"이거 좀 볼래."

나는 시마코 언니와 나란히 걸으면서 손에 든 헝겊 가방을 눈높이까지 들어 보였다. 생일에 시마코 언니에게서 받은 스카프를 엄마가 가방으로 바느질해준 것이다. 매끈한 하늘색 바탕에 갖가지 새가 날고 있는 조그만 주머니 모양 손가방.

"귀엽다."

시마코 언니가 칭찬해주었다.

나와 리쓰와 시마코 언니는 셋이서 함께 소요 언니에게 유모차를 선물하기로 했다. 생일 선물은 아니지만.

"이번에는 눈 감지 말아요."

뒤에서 엄마가 말한다.

"정말 날씨 좋다."

소요 언니의 말에 우리는 모두 하늘을 올려다보았다. 뒤에서 다가온 자전거가 거치적거린다는 듯이 찌렁찌렁 벨을 울리며 지나간다.

"위험하잖아."

혼자서만 주위를 살폈는지 리쓰가 당황한 목소리로 말한다. 다음 모퉁이를 왼쪽으로 돌면 사진관이다.

후기

타인의 집 안을 들여다보면 재미납니다.

그 독자성, 그 폐쇄성.

가령 바로 옆집이라도 타인의 집은 외국보다 멉니다. 다른 공기가 흐릅니다. 계단의 삐걱거림도 다릅니다. 비상약상자에 담긴 약의 종류나, 곧잘 입에 담는 농담, 금기 사항이나 추억도.

그것만으로도 저는 흥분하고 만답니다.

그 사람들 사이에서만 통하는 룰, 그 사람들만의 진실. 소설의 소재로 '가족'이란 복잡기괴한 숲만큼이나 매력적입니다.

그런 연유로, 이렇게 색다른 가족 얘기를 썼습니다.

재미나게 읽어주시면 감사하겠습니다.

에쿠니 가오리

옮긴이의 말

가족이란 참 오묘한 공동체입니다.

집이라는 울타리 속에서 굳건한 부모를 중심으로 평화롭고 온전하게 돌아가는 듯 보여도 실은 은밀한 걱정거리와 상처를 안고 있는 경우도 많고, 반대로 티격태격 늘 시끄럽고 어긋나는 듯 보여도 끈끈한 정으로 뭉쳐 있기에 오히려 기운찬 경우도 있습니다.

그러니 겉만 보고서는 이렇다 저렇다 말하기가 어렵습니다.

또 부모가 강직하게 가정을 지키고 있다 한들, 자식이란 하루가 다르게 성장해서 어른이 되면 부모가 마련해놓은 틀을 벗어나고 맙니다. 자식은 부모의 가치관을 물려받는 동시에 더 확대된 새로운 가치관을 갖고서 언젠가는 집을 떠나 새로운 가정을 꾸려야 하기 때문입니다.

반면 떠나 있어도 가족은 늘 가족이며, 집은 언제든 돌아갈 수 있는 곳입니다.

미우나 고우나 가족은 언제나 가족이고, 좋으나 싫으나 집은 언제나 집인 것이지요.

그렇기에 가족과 집에는 온갖 인생사가 내포되어 있습니다.

미야자카 씨네 가족 역시 그렇습니다.

꼼꼼하고 보수적인 아빠와 상상력이 풍부하고 무드를 좋아하는 엄마 그리고 각기 개성이 다른 소요, 시마코, 고토코, 리쓰 네 형제가 엮어가는 하루하루는 늘 똑같은 아침 풍경처럼 한결같은 것이 있는가 하면, 이유도 설명하지 않은 채 이혼하고 집으로 돌아오는 소요나 타인의 아이를 키우겠다고 고집을 피우는 시마코, 대학에 진학하지 않은 채 한가로이 지내는 고토코, 중학생인데도 묵직하게 자기 자리를 지키는 리쓰처럼 돌발적이며 생뚱맞고 일탈한 부분도 있습니다.

하지만 한 가족이기에 언제든 두루 감싸고 받아들이고 감수하니까, 오늘도 미야자카 씨네 가족 앨범에는 새로운 사진이 덧붙여질 수 있는 것이겠지요. 그렇게 우리네 가족의 역사 또한 겹겹이 쌓여가는 것이겠지요.

2011년 꽃샘바람이 부는 날, 김난주